# 巴黎的憂鬱

——

波特萊爾

Le Spleen de Paris

## 孤獨的說明書，寂寞的指南針

夏爾・皮耶・波特萊爾（Charles Pierre Baudelaire）——著
胡小躍 —— 譯

全新譯本

本書根據法國弗拉馬利翁出版社（Flammarion）於 1980 年出版的 *Le spleen de Paris* 譯出，是為全新中譯本。

一艘小小的帆船在天邊顫動，
它渺小而孤獨，恰似我不可救藥的人生。
——波特萊爾

# CONTENTS

CONTENTS

**導讀**

# 波特萊爾與浪漫主義

哲學新媒體特約作家／林斯諺

波特萊爾是著名的法國詩人，西方浪漫主義（Romanticism）時期的重要人物，代表作品有《惡之華》（*Les Fleurs du mal*）及本書《巴黎的憂鬱》。

浪漫主義源於十八世紀末的德國，在十九世紀中葉達於頂峰。不同於啟蒙時代受到科學理性的影響，這時期的藝術創作呈現出極度感性的風貌。浪漫主義最重要的精神在於**將藝術創作理解為是一種自我表達，也就是是作者個人情感的表達**。這樣的想法可說是一種情感主義（emotionalism）。對評論家而言，既然作品是作者內心世界的體現，了解作者的人生才能充分了解作品。因此在這個時期，不少人主張評判作品一個重要的標準便是**作者是否真摯地表達了自身的情感**。

在所有的藝術類型中，浪漫主義的精神最能被詩（poetry）所體現。這可從眾多浪漫主義者口中得到驗證。就如雨果（Victor Marie Hugo）所說：「詩人是什麼樣的人？是這樣的人：有強烈感受並且能夠將他的感受用生動的語言表達出來。」華茲華斯（William Wordsworth）也說過：「**好詩是濃烈感受的自然流動**。」

對浪漫主義者而言，詩可以淨化詩人的心靈，這種功能恰好與傳統觀點相反。例如，亞里斯多德（Aristotle）主張悲劇可以淨化觀眾的心靈。在這樣的古典觀點中，作品作用在受眾身上，但浪漫主義將藝術創作的焦點拉回作者，洋溢著相當強烈的個人主義色彩。

在浪漫主義的美學當中，藝術雖然被視為是情感的表現，但這不代表創作全然是感受的抒發。感受不只觸發了創作，也是知識的來源，這正是浪漫主義時期非常特別的一種知識論。因此，認知（cognition）是創造（creation），創造也是認知；創作不只是一種發明（invention），同時也是發現（discovery）。在這之中，扮演重要角色的便是作者的想像力（imagination）。

想像力不只是指憑空造出新的東西，或是對既有事物進行重組，它更能**幫助我們直接把握到關於這個世界的真理**。因此想像力被賦予了一種認知上的重要角色。波特萊爾認為，「想像力可以說是一種神聖的官能，不需要借助任何哲學方法便能夠直接感知到事物間隱藏的密切關係以及它們的照應（correspondence，又譯通感）與相似（analogy）」。

波特萊爾也解釋了照應的概念：不同的感官可以感知到自然界事物的不同性質與關係，但這些感知事實上有共通之處，也就是所謂的共感（synaesthesia），例如聽見聲音可以像是看見色彩。這種現象代表了一種普遍的相似性，而這種相似性潛藏在萬物的表象背後。從這個角度來看，**萬物都是某種象徵，猶如難解的象形文字**。詩人的任務就是利用想像力來解碼這些象徵，並用作品將其表達出來。

除了情感表現外，浪漫主義還有另一個面向值得注意，那就是唯美主義（aestheticism）傾向。這種傾向可用一句當時著名的口號來刻畫：「為藝術而藝術。」（art for art's sake）**這句話指的是藝術家的創作應該忠於自己的理念，而不受到外在因素的影響**，例如政治或商業因素。這主要是因為工業革命之後，商業消費模式確立，藝術開始面臨商品化的問題。藝術創作的自主也因此受到了威脅。在浪漫主義早期的思潮中，藝術家的「異化」即被凸顯出來。**藝術家被比喻成殉道者，寧願為藝術而死也不願與社會妥協**。這樣的堅持讓他與社會漸行漸遠，陷入孤立與孤獨。在浪漫主義者眼中，會成為殉道英雄的藝術家總是具備高超的敏感度，因而有豐富的情感。這種敏感度讓藝術家比一般人更容易蒙受痛苦，毋寧說是與生俱來的一種詛咒。這也難怪波特萊爾的文壇偶像，是美國詩人兼小說家艾德格・愛倫・坡（Edgar Allan Poe）。愛倫・坡正是為藝術而死的最佳範例，他一生窮困潦倒，卻持續創作出天才的作品，最終臥死街頭。

然而，波特萊爾並非完全支持唯美主義，他甚至認為「為藝術而藝術」是一種幼稚的烏托邦思想。波特萊爾的確替美的獨立性辯護，認同藝術不應該受到世俗道德規範的限制，但他也認為**藝術本身有其應該服膺的道德規範，而這些規範不會是世俗的規範。**

燃燒生命創作的愛倫·坡在四十歲去世，波特萊爾則死於四十六歲，兩人的壽命僅相差六年。閱讀波特萊爾的作品，除了感受曾經輝煌的浪漫主義精神，我們又何嘗不是在其中看到了另一位藝術殉道者的身影。

（本文作者林斯諺為哲學新媒體特約作家，紐西蘭奧克蘭大學哲學博士，現為文化大學哲學系助理教授，研究領域為美學與藝術哲學。另一身分為推理小說作家，著有《床鬼》等十二本著作。

哲學新媒體是由一群哲學人組成的新創團隊，旨在推廣哲學普及教育，呈現哲學的深度與多樣性。臉書專頁：哲學新媒體 Philosophy Medium。）

推薦序

# 波特萊爾的弱反擊，現代人們的私共鳴

《張力中的孤獨力》作者／張力中

如果在現代，波特萊爾會是一個有百萬人擁護的KOL（Key opinion leader，意見領袖），燃起你的寂寞或孤獨，由他大量帶貨、長年暢銷，且永不缺貨。

讀著這本書，恍惚之間，我有種不可思議的既視感。字裡行間雖印染著些許歷史氣味，卻又像平行時空般，用極為熨貼於當代都會氣味的口吻與筆觸，一篇又一篇，新鮮熱烈地送到你眼前，讓你追隨、由你盡情攝取。書中的五十個短篇讀來節奏輕快，越是閱讀，越停不下來。

波特萊爾擅於用一種意識流的口吻寫生；**觀察面向多元細緻，卻總帶著一絲百無聊賴的厭世氣味；有時帶點惡意又卑劣的逼視，卻又不忍責備。**喃喃自語之間，時而舒臆、詰問或暢言，讀來饒富層次與想像。就算是在描述一件極有熱情的事物，熠熠熱烈，也都像是餘燼；或一件極為寡淡的物事，在他眼底凝視至極，竟能冒出一股生厭之情；對人間悲劇再多憐憫，都淪落成多餘的自嘲。

我輩能從波特萊爾文字中，讀到他抑鬱的「弱反擊」，進而獲得可能不被社會主流價值認可的「私共鳴」，表面若無其事，卻在心底大聲喧嘩、拍手叫好。**活在當代，每個人緊擁的，看似都是同一件事，卻有各自不同解讀或感受，**這類如此耽美的類文明病徵，時至今日，永不過時。想來，還真帶有那麼一點可悲。

**原來，我們都孤獨，或寂寞，幾乎無法否認。**

從五十篇生動的敘事中，能讀到波特萊爾無傷大雅、心中不成隱患的小小遺憾。「啊，是這樣的啊」。就像出門前穿上一襲剛燙好的襯衫，看著光鮮挺拔，忽爾發現一道明顯皺褶，存在於近似完整之中的不堪完美，**方卻極為真實，視而不刻意張揚，是對這冷漠人間，虛以委蛇的高度恭維**。同時，我們也從閱讀中理解到，生活無所謂深刻，或殫精竭慮地想把生活附庸風雅地，強說出什麼真理，沒必要。每個人的生活，由自己決定；活得有觀點，這才重要。心中把持的一把無形量尺，為你清晰忖度生活中該有的分寸，以最大公約數定義即好；其餘不要的、剩下的、無法分類的，就讓未知際遇迎面而來，逐一經歷、感受當下、享受未知，將自身如戰俘般的，樂意交付生命的征集。

**原來，我們都孤獨，或寂寞，幾乎無法抵抗，痛並快樂著。**

進到波特萊爾的五十部短篇，彷彿進入五十個不同的電影場景：人、事、物，不同面相，各有生動體現；雖看似沒什麼脈絡，讀來卻相當輕鬆餘裕。建議讀者試著不把它當作沉重的百年經典文學來閱讀，可作為類似日本的電車文學或文庫本，便能獲得更大維度的靈活感受，這是我對於本書閱讀方式的推薦。

撰寫推薦序時，我曾嘗試想從全文中，為讀者摘出一些文句作為導讀，或進一步演繹，但仔細想想，這做法似乎有點武斷割裂，好像擅自把波特萊爾的原創做了二創，如此一來，便會失去原創完整語境的況味；我想，這一切都應留給讀者自行體會。早逝的波特萊爾，留下了對這世界帶點頑抗又消極的衷訴，影響了後世萬千的文學家；如今穿越數百年之後，來到了你的手上。**你正在閱讀的，不是波特萊爾的寂寞，而是撥動了專屬於你自身孤獨的響應。**

文末，就引用書中的一句話作為結尾：「人生是一座醫院，每個人都想換床位。」而我，就只想找一個比較不聒噪的鄰床病友就是。

（本文作者張力中，現任北京奧倫達集團經營處營運策畫總經理。曾任臺灣知名文創設計旅店「承億文旅集團」品牌長。著有暢銷書《張力中的孤獨力》〔方舟文化〕。臉書粉專：張力中／Kris J。）

**獻詞**

# 致阿色納・吳色葉[1]

我親愛的朋友，在此寄上一本小書給你。這本書，實在不能說它沒頭沒尾，這樣是不公道的，因為事情恰恰相反，全書文章互為首尾。請好好想想，這樣的組合能為你、為我和讀者們，提供多大的便利呀！我們想在哪裡中斷就在哪裡中斷：我中斷我的幻想、你中斷看稿、讀者中斷閱讀；**因為我不想用沒完沒了的多餘情節，捆住執意退卻的讀者。**

不妨去掉一節椎骨吧，兩段沒頭沒腦的胡思亂想將毫不費力地連接在一起；把它砍成眾多的小節吧，你會看到**每一小節都可以獨立存在**。希望其中幾節生動得足以使你開心、讓你喜歡，所以我大著膽子把這「整條蛇」都獻給你。

1 阿色納・吳色葉（Arsène Houssaye, 1815~1896），法國作家；《新聞報》（*Le Journal*）主編。《巴黎的憂鬱》中的部分篇章曾在此刊物上發表。

我要向你小小地坦白一下。我把阿洛伊修斯・貝特朗[2]著名的《夜之加斯帕爾》翻閱了至少二十遍（這本書，你、我以及我們的一些朋友都很熟悉，難道不配被稱為名作嗎？），接著便萌生了這個念頭。意即，我決定試寫一部類似的作品，用他描繪古代生活的生動手法來描寫現代生活，或者說，**某種更抽象的現代生活**。

**我們誰不曾在心懷壯志的日子裡，夢想過創造奇蹟**——寫一部充滿詩意和樂感、沒有節律和韻腳的散文呢？它既溫柔又剛毅，能與心靈的激蕩、幻想的波動和意識的頓悟相適應。

經常往來於大城市、接觸面較廣的人們，尤其容易產生這種驅之不去的念頭。就連你本人，我親愛的朋友，你不也曾試圖把玻璃匠[3]尖利的叫聲化為一首歌曲，並透過一篇抒情散文表現那穿越街上最高的濃霧、直衝樓頂的叫聲中所包含的各種悲哀與啟迪嗎？

可是，說真的，我害怕嫉妒與羨慕不會帶來快樂。一旦著手做了這件事，我才發現自己與那位神祕而光輝的榜樣不僅相距遙遠，而且還寫了一些截然不同的東西（如果可以稱之為「東西」的話）。這種

2 阿洛伊修斯・貝特朗（Aloysius Bertrand，1807~1841），法國詩人，其散文詩集《夜之加斯帕爾》（*Gaspard de la Nuit*）極受波特萊爾推崇。

3 見本書〈壞玻璃匠〉一文。

意外，也許除了我，誰都會以此為榮。然而，對於一個向來把「準確地完成自己計畫」視為詩人最大榮耀的創作者而言，卻是一種極大的羞辱。

你親愛的朋友

C・B[4]

4 波特萊爾的法語姓名縮寫。

# 1 異鄉人

——說說看你最愛誰？這位神祕莫測的人。是你的父親、母親還是姊妹兄弟？

——我沒有父親，也沒有母親；沒有姊妹，也沒有兄弟。

——朋友呢？

——你說的這個詞兒，我至今仍不解其意。

——你的祖國呢？

——我甚至不知道它位於哪個方位。

——美人呢？

——如果是不朽的女神，我願意愛她。

——黃金呢？

——我討厭它，就像你討厭上帝一樣。

——唉，奇怪透頂的異鄉人，那你喜歡什麼？

——我喜歡雲……匆匆飄過的浮雲……那邊……你瞧，多麼漂亮的彩雲啊！

# 2 老婦人的絕望

當那位乾癟矮小的老婦人，看到這個人見人愛、大家都喜歡的漂亮小孩時，顯得非常高興。這個漂亮的小傢伙和她一樣脆弱，也像她一樣沒有牙齒、沒有頭髮。

她走近那孩子，裝出一副和藹可親的樣子，想對他笑一笑。

可是，她這樣子卻嚇壞了他，他在這善良且羸弱的老婦的撫摸之下拚命掙扎，尖叫聲充滿了整間屋子。

於是，這位善良的老婦人又退到一邊，重新陷入無盡的孤獨之中。她躲在角落裡哭了，心想：「唉！對於我們這些不幸的老女人來說，讓人喜歡的年齡已經過去，現在，就連那些天真無邪的孩子也不喜歡我們；就連我們想親熱一下，都會把他們嚇得半死！」

# 3 藝術家的祈禱文

秋日的黃昏是何等沁人心脾啊！深邃得教人痛苦！因為有些微妙的感覺，雖然朦朧卻很強烈；沒有什麼比「無限」的尖端更銳利了。

當你的目光消失在大海和天空的遼闊之中時，是極大的快樂！孤獨、寂靜，藍天純潔得無與倫比！**一艘小小的帆船在天邊顫動，它渺小而孤獨，恰似我不可救藥的人生**；還有波濤單調的旋律，這所有的一切都透過我來思考；或者說我借助它們思考（因為在宏偉的夢想中，這個小小的自我很快就會消失）。我想說的是，它們在思考，但像音樂、繪畫一樣，既無需詭辯，也無需三段式論法，更無需演繹和推理。

然而，這些思考，無論是出自於我，還是來自萬物，頃刻間都變得十分強烈。**快感之中的力量造就了實實在在的不安和痛苦**。我極度緊張的神經嘈雜而痛苦地抖動起來。

而現在，天空的深邃使我沮喪；它的澄澈更使我惱怒。大海冷漠、景色凝滯，讓我深感憤怒……啊！難道我必須永遠忍受痛苦，或永遠逃避美麗嗎？大自然啊，你這個無情的女魅、戰無不勝的對手，饒了我吧！不要再誘惑我的欲望和傲慢了！**對美的研究是一場決鬥，藝術家在被打敗之前就因恐懼而嘶喊。**

# 4 取悅於人者

正是歡慶新年的時候：汙泥和白雪混雜在一起，被無數華麗的四輪馬車碾過；玩具和糖果五彩繽紛，貪欲和絕望糾纏在一起，**這個大城市全都興奮起來，連最孤獨的人也被搞得頭昏腦脹。**

在嘈雜喧鬧聲中，一位粗漢手執鞭子、趕著一頭驢子，快步而來。那頭驢子就要在街角拐彎時，一位英俊的先生——戴著手套、油頭粉面、打著領帶，身穿嶄新的衣服——彬彬有禮地對著那頭卑賤的驢鞠了一躬，並摘下帽子，說：「祝你新年快樂、幸福！」語畢，他帶著一副自命不凡的表情，轉向不知什麼朋友，像在請求他們附和。

驢子並沒有理會這位企圖取悅於人的英俊先生，繼續快步朝牠該去的地方奔跑而去。我突然對這位衣冠楚楚的傻瓜感到極為憤怒，**我好像看見了法蘭西全部的精神都集中在他身上。**

# 5 雙重的房間

這是一個如夢似幻的房間，一間真正的精神之屋，房間裡氣氛凝滯，帶有一點淺淺的玫瑰色和藍色。

靈魂在此懶懶地沐浴，塗抹著悔恨和欲望的馨香——那是暮色中的某種東西，淡藍的、暗紅的；一如朦朧之中的快樂之夢。

家具的影子拉長了，顯得疲憊而慵懶。它們像是在做夢，似乎被賦予了夢遊般的生命，就像植物和礦物一樣。垂著的布簾在無言地訴說著，花兒、天空和夕陽也是如此。

牆上沒有任何令人厭惡的藝術飾品。**相較於純粹的夢和無以分析的印象，確定的藝術和實證的藝術都是一種褻瀆**。這裡，一切都有足夠的光照和美妙的幽暗，十分和諧。

空氣中飄浮著一絲細微的香氣，交雜著輕微的濕度。在那裡，你會覺得人在溫室，精神朦朧，夢思幽幽。

柔軟的紗幃垂落在窗前和床頭，似雪白的瀑布傾瀉而下。床上躺著眾人的偶像——夢幻女王。可是，她怎麼會在這兒？是誰領她來的？是什麼魔力把她安置在這夢幻與快樂的寶座之上？管它呢，反正她在這兒！我認出她了。

就是那雙目光能穿透黃昏的眼睛；就是那雙敏銳而駭人的眸子。這可以從它那種可怕的狡黠中看出來。它吸引、征服、吞噬著凝視它的冒失鬼的目光。我常常琢磨這對讓人好奇、令人讚嘆的黑色星子。

沉浸在這樣的神祕、寧靜、和平與芬芳之中，該感謝哪位善良的神靈呢？幸福啊！我們通常所說的生活，**即使是最幸福的生活，也絲毫無法與我現在一分分、一秒秒所體驗的這種崇高生活相比。**

不！這裡分秒都不復存了！時間已經消失，現在主宰一切的是永恆，極度快樂的永恆！

然而，沉重可怕的敲門聲突然響了起來，就像在惡夢中一樣。我似乎覺得肚子上挨了一記鎬頭。

接著，外頭闖進一個幽靈。這是一個以法律的名義來折磨我的書記；又像一個無恥的娼婦，來向我哭窮，用她無聊的生活平添我的痛苦；或像一家報社老闆派來的差人，向我催要續稿。

這個有如天堂般的房間、那偶像及夢幻女王，即偉大的勒內[5]所說的女精靈，都隨著這個幽靈粗暴的敲門聲消失了。

可怕呀！我想起來了！我想起來了！

是的！這又髒又亂的破屋子，這個永遠充滿煩惱的地方，正是我的住處。瞧這些又蠢又笨的家具，積滿了灰塵、殘缺不全；這壁爐，沒有火、也沒有炭，卻沾滿了痰跡；陰沉沉的窗上，灰塵被雨水劃出一道道溝痕；我的手稿要嘛被勾畫得亂七八糟，要嘛殘缺不全；還有日曆，上頭滿是用鉛筆標出的凶險日期！

唉！這另一個世界的芬芳，我剛才還滿心歡喜地陶醉其中呢！它現在已被菸草的惡臭所代替，混雜著不知是什麼樣的令人噁心的黴味。眼下，這裡聞得到腐敗的異味。

在這個狹窄而又那麼讓人噁心的世界裡，只有一件熟悉的東西還

---

5 弗朗索瓦—勒內．德．夏多布里昂（François-René de Chateaubriand 1768~1848），法國浪漫主義作家。

向我微笑：裝著鴉片酊的小藥瓶；就像一個老朋友，或者可怕的女友（人世間所有的女朋友都一樣），唉！充滿了愛撫與背叛。

喔，是的，時間又出現了；**時間現在成了主宰；隨著這個老頭而來的還有他那些惡魔般的隨從：回憶、悔恨、痙攣、恐懼、驚慌、惡夢、憤怒和精神官能症。**

我向你保證，現在，時間莊嚴而有力，從鐘擺裡蹦出來的每一秒都在叫喊：「我就是人生，難以忍受的無情的人生！」

**在人的生命當中，負責宣告好消息的只有一秒鐘，這消息足以讓每個人都產生無以名狀的恐懼。**

是的，時間是一切的主宰，它重新建立起殘暴的專制。而且，它用雙重的刺棒追趕著我，好像我是一頭牛：「喊叫吧，蠢貨！幹活吧，奴隸！活下去吧，你這該死的東西！」

# 6 每個人都有他的妄想

在廣闊而灰暗的天空下，在塵土飛揚、沒有道路、沒有草地，連一根蒺藜、一根蕁麻都沒有的大漠裡，我碰到許多駝著背走路的人。

他們每個人都背著一個巨大的喀邁拉[6]，沉重得像一袋麵粉、一包煤炭，或是一個古羅馬步兵的行裝。

然而，這個可怕的怪獸並不是一個不會動的重物，相反地，它用具有彈性和力量的肌肉緊緊摟抱和壓迫著人；用兩隻巨大的利爪抓住背負者的胸膛；用異乎尋常的大腦袋壓在人的頭上，就像古代的戰士想用來恐嚇敵人的那種可怕頭盔。

我問其中一個人，他們這是去哪裡。他回答，他什麼都不知道；不僅是他一個人不知道，別的人也不知道。但是很顯然，他們的確是要到某個地方去，因為他們被一種不可抗拒的行走欲所驅使。

6 喀邁拉（chimere），希臘神話中的精靈，獅頭羊身龍尾；引申為妄想、幻想或空想。

有件怪事值得注意：在這些行走者當中，沒有一個對吊在他們脖子上和貼在他們背上的凶惡怪獸表示憤怒。他們似乎把這怪物當作是自己的一部分，所有這些疲憊而嚴肅的面孔都沒有露出絕望神情；在憂鬱的蒼穹下，他們的雙腳跋涉在和天空一樣悶悶不樂的塵土裡，**臉上是逆來順受的表情，就像命中註定要永遠生活在希望中的人那樣。**

這支隊伍從我身邊走過，消失在遠方的霧氣中，地球圓形的表面擋住了人們好奇的目光。

有好一陣子，我執意要弄懂這種奧祕；但過沒多久，不可抗拒的冷漠向我襲來，**這深深的疲勞感甚至比那些被喀邁拉重壓的人們更為沉重，我被那漠然的不關心給壓垮了。**

# 7 小丑和愛神

多麼美好的日子呀！寬闊的公園在太陽灼熱的目光下心蕩神馳，就像被愛情俘虜的年輕人。

萬物都心醉神迷，但沒有發出任何聲響，甚至連流水也像是睡著了。與人類的歡慶大不相同，它們的狂歡是安靜的。

好像有一種越來越亮的光芒使萬物愈發燦爛，被燃起激情的鮮花產生了一種渴望，要用自己繽紛的色彩媲美蔚藍的天空。**炎熱讓花香變得依稀可見，使其像輕煙一樣升向太陽。**

然而，在這萬物歡欣之中，我看到了一個人在獨自傷心。

一尊巨大的維納斯雕像腳下，一個如同瘋子的人，妝扮得像是在君王懊悔和厭煩時負責逗他們發笑的小丑，穿著鮮豔奪目、怪裡怪氣的服裝，頭上戴著繫有鈴鐺的尖角帽子，蜷縮著靠在雕像的臺座上。

他抬起盈滿淚水的眼睛，望著這尊不朽的愛神。

他的眼睛好像在說：「我是人類中最低賤、最孤獨的人，既沒有愛情、也沒有友誼。在這點上，我連最低級的動物都不如。可是，我也是為了欣賞和感受不朽的美而生的呀！女神啊，請憐憫我的哀傷和狂妄吧！」

無情的維納斯只是張著她的大理石眼睛，不知凝望遠處的什麼。

# 8 狗與香水瓶

「我漂亮的狗，我溫順的狗，我可愛的杜杜，過來，嗅嗅我從城裡最高級的香水店裡買來的最高級香水。」

狗兒搖搖尾巴，這類可憐的動物的這個動作，我認為，相當於人類的大笑或微笑。牠走過來，好奇地把牠濕潤的鼻子放在拔去塞子的香水瓶口。突然牠驚慌地後退，向我狂吠，像是在責怪我。

「啊！可憐的狗，要是我拿一包糞便給你，你會高高興興地去嗅它，也許還會吞下去呢。所以，**我這悲慘人生中的卑微夥伴，你多像那些讀者啊！**絕不能給他們高級香水，因為這會激怒他們，而**應該給他們精心挑選的垃圾。**」

# 9 壞玻璃匠

有些人天生是純思考型的，完全不適合採取行動，可是，在一種神祕的、不為人知的力量的驅使下，他們有時會迅速行動起來。那種迅速，連他們自己也認為是不可能的。

例如，有人因害怕從門房那裡得到不幸的消息，而怯懦地在門口徘徊一個小時不敢進去；有的人拿到一封信，半個月都不敢拆開；還有的人磨蹭了半年才去做一年前就應該做的事。這些人有時會突然感到一種不可抗拒的力量在催促他們行動，就像弦上的箭，彎弓待發。倫理學家和醫生自以為什麼都懂，但他們也解釋不了這種懶散和貪圖享樂的人，從哪裡突然爆發出這麼一股強大的力量；連最簡單、最必要的事情都幹不了的人，怎麼會在某個特定的時刻裡，一下子就獲得了巨大的勇氣，去做那些最荒謬，往往也是最危險的事情。

我有一個朋友，可說是有史以來最與世無爭的夢想家。有一次，他到森林裡放了一把火，想看看火是否會像人們通常所說的那樣容易燒起來。他一連試了十次都失敗了，在第十一次卻大獲成功。

另一位朋友，在火藥桶旁邊點了一支雪茄，**想看一看、想知道、想試一試、想了解自己的命運**，想證明自己有能力、想打個賭，體驗惶惶不安的快樂；或者什麼也不想，只因一時心血來潮，閒得無聊。

**這是從煩惱和夢幻中迸發出來的一種力量**；那些執意表現出這種能力的人，正如我說的那樣，通常是最懶散，也是最想入非非的人。

還有一位朋友，當著別人的面都不敢抬起眼睛，甚至要鼓起全身僅有的那一點點勇氣才敢走進咖啡館或戲院，害羞到這種地步。在他看來，那些檢票員有著米諾斯、埃阿克和哈達莫德[7]的神威。可就是這樣的一個人，有時會突然撲上去摟住一位過路老人的脖子，當著眾人驚訝的目光，狂熱地吻他。

為什麼？是因為這副面孔使他產生了一種不可抗拒的好感嗎？**也許，但更合理的解釋是連他自己也不知道為什麼**。我曾不只一次成為

---

7 米諾斯（Minos）是希臘神話中克里特島的國王，死後成為地府的三個法官之一，負責決定鬼魂的命運，另兩位法官是埃阿克（Eaque）、哈達莫德（Rhadamanthe）。

這種發作和衝動的犧牲品。這使我們不得不相信，**狡猾的惡魔們鑽進了我們的身體，讓我們不知不覺地執行祂們極荒誕的意志。**

有一天早晨，我起床後感到鬱鬱寡歡、心灰意懶，好像被迫要做一件了不起的事，或是一項驚人之舉；於是我打開了窗子。唉！

（請注意，某些人身上的這種欺騙性與玄虛，並不是勞動或各種感情互相影響的結果，而是偶然的靈感所致。這種靈感帶有很大的情緒性，醫生說這是歇斯底里的情緒；那些比醫生想得更高深的人，則說這是邪惡的情緒，僅因欲望太強烈了。這種情緒不由分說地迫使我們去做出許多危險的或不合適的事。）

我在大街上看到的第一個人是個玻璃匠，他那刺耳的尖叫聲穿過巴黎汙濁沉悶的空氣，直衝我耳中。除此之外，我也說不出自己為什麼會對那個可憐的人突然產生一種蠻橫的仇恨。

「喂！喂！」我叫他上來。這時，我帶著略為歡愉的心情想著，我的房間在七樓，樓梯很窄，上樓一定很困難，他那些易碎的物品很可能會被碰破稜角。

他終於上樓了；我好奇地看著他全部的玻璃，隨後對他說：「怎麼你沒有彩色玻璃？粉紅色的、紅色的、藍色的都沒有？沒有魔幻玻璃、天國的玻璃？你真無恥，竟敢走到貧民區裡來，卻沒有足以美化生活的玻璃！」我猛地把他推向樓梯。他低聲抱怨著，跌跌撞撞地下樓去了。

我走到陽臺上，抓起一個小花盆，等那人走到大門口時，我把這件武器狠狠地丟了下去，剛好落在他背著的貨架邊上，砸得他仰面倒地。他那些可憐的流動資產都在他背下砸碎了，好像一座水晶宮被驚雷擊毀，發出巨大的聲響。於是，我陶醉在自己的瘋狂之中，狂怒地向他喊道：「美化生活！美化生活！」

這種瘋狂的玩笑並不是沒有危險，常常要為此付出很大的代價。可是，**對於一個在瞬間就能變得無比快樂的人來說，永久的懲罰又算得了什麼呢？**

# 10 凌晨一點鐘

終於，只剩下我一個人了！除了幾輛遲歸的出租馬車的疲憊聲響，再也聽不到任何動靜。在這幾個小時內，我將處於安靜之中，除非我不打算休息。終於，**專橫的人們消失了，我將只因自己而痛苦。**

終於，我能沉浸在黑暗中放鬆一下了！首先，用鑰匙在鎖孔裡轉兩圈。我覺得，鑰匙的轉動會增加我的孤獨，強化現在把我與世界隔開的圍牆。

可怕的人生！可怕的城市！讓我們來回想一下今天的情況吧：我見到好幾位文人，其中一位問我到俄國去是否可以走陸路（他大概把俄國當成島國了）；我也與一家雜誌的主編和善地爭論，無論我提什麼反對意見，他都回答我：「這是正人君子的觀點。」言下之意，好像其他報刊都是由無賴們編輯而成的；我和二十來個人打招呼，但其中有十五個是我不認識的；**我和同樣多的人握過手，事先卻沒有考慮買副手套**；在下大雨時，我到一位女雜技藝人家裡去打發時間，她請我替她畫一張維納斯特爾[8]衣服的草圖；我恭維一個劇院經理，他一邊打發我走，一邊說：「你也許最好去找Z，他是我所有的作者當中最笨、最傻、最出名的一個；也許你能從他那裡得到點什麼。去找找他吧，我們回頭再談！」**我拿一些從未幹過的醜事來吹噓**（為什麼？），**卻又膽怯地否認自己確實高興地做過的另外一些壞事**，例如瞎吹牛的過錯、不尊重他人的罪惡；我拒絕替朋友做一件舉手之勞的事，卻替一個十足的怪人寫了封推薦信……啊，這到底有完沒有？

**我對所有的人都不滿意，對自己也不滿**。在這寂靜與孤獨的黑夜，我真想為自己贖罪，以求得到些許輕鬆。我曾深愛過的靈魂啊、我曾歌唱過的靈魂啊，請賜給我力量，請支持我，讓世間的謊言和腐爛的氣息離我遠去；而祢，我的上帝，請允許我寫幾句美麗的詩，以便向自己證明，**我並不是最沒用的人，也不比自己所蔑視的那些人更低下**。

8 這位女藝人無知，把維納斯說成了維納斯特爾。

# 11 野女人和小情婦

「真的，親愛的，你太沒有分寸、毫不留情，煩死我了；聽你唉聲嘆氣，好像你受的苦比那些六十來歲的拾穗老婦和在小酒店門口撿麵包渣的老乞丐還多似的。

「如果你的嘆氣多少能說明你有多內疚，那還會給你帶來一點榮耀；**可惜你的嘆息只表明了你舒服得厭煩、悶得難受。**而且，你無休止地說著廢話：『好好地愛我吧！我多麼需要愛！如此這般地安慰我、撫愛我吧！』那好，我來試著治治你的病；我們也許能找到一個辦法，既不用花多少錢，也不用走多遠的路，只要找個夠熱鬧的地方就行了。

「請你好好看看這個結實的鐵籠，裡頭關著一個怪物，牠渾身是毛，其外形與你頗為相似。牠騷動不安，像囚徒一樣吼叫著，又像因身居異地而怒不可遏的猩猩，猛烈搖晃著鐵欄。牠有時唯妙唯肖妙地模仿老虎跳躍，有時像白熊那樣傻頭傻腦地左右搖晃。

「這個怪物就是人們通常稱為『我的天使』的動物之一，也就是說，一個女人。旁邊還有另一個怪物，在聲嘶力竭地大叫，手裡拿著一根棍子，那是她的丈夫。他把他的合法妻子當作野獸，用鐵鍊鎖住，在趕集的日子裡把她帶到郊區公開展覽。當然，這是得到法官許可的。

「請注意！你看她是多麼貪婪地（也許並非偽裝）撕吞著主人扔給她活蹦亂跳的兔子和嘎嘎亂叫的家禽。男的說：『好了，別一天就把所有東西都吃光。』說完這句明智的話，他就猛然奪走食物，獵物的腸子都還掛在那頭猛獸的牙齒上——我指的是那個女人的牙齒。

「好吧！給她一棍子，讓她安靜下來！因為，她那可怕而貪婪的目光還盯著被奪走的食物。天哪！這棍子可不是喜劇裡用的棍子！儘管她披著假皮毛，你沒聽到她皮肉挨揍發出的響聲嗎？她的眼球，現在也從腦門上暴出來了，她吼叫得更自然些了。狂怒中，她渾身閃著光，就像人們正在鍛打的鐵一樣。

「這就是夏娃和亞當的兩個後代的夫妻生活習慣。上帝啊，這就是祢親手創造的傑作！這個女人無疑是不幸的，雖然，說到底，那種由榮獲鞭打而得到的酥癢的快感，她也許並不陌生。有些不幸更難醫治，而且也無法彌補。不過，**在她被拋到這個世界裡之前，她絕不可能相信女人應該有另一種命運。**

「現在，該談談我們倆了，親愛的女才子！面對這充滿凡人的地獄，你要我對你可愛的地獄做何感想？你成天躺在像你的皮膚一樣柔軟的綢緞上面，吃著由心靈手巧的僕人為你仔細切下的一片片熟肉。

「這輕輕的嘆息，這充滿你襲人香氣、健美風騷的酥胸，它對我意味著什麼呢？所有這些從書本上學來的矯揉造作，這種不知疲倦的憂鬱，喚起了旁觀者所有的感情，唯獨得不到他們的憐憫，這些又意味著什麼呢？**說實話，我有時真想告訴你，什麼才是真正的不幸。**

「我漂亮溫柔的美人，你雙腳踩在泥裡，眼睛茫然地望著天空，就像在請求老天賜給你一位國王，看起來活像一隻乞求理想的小青蛙。如果你看不起庸碌無能的人（如你所知，我現在正是這樣），當心那隻鶴，牠會咬你、吞掉你、肆意殺死你！

「我雖是詩人，卻不像你所想的那樣容易受騙。如果你過於頻繁地用你那一套裝腔作勢的假哭來煩我，我將以對付野女人的方式，或像扔空瓶一樣把你從窗戶扔出去。」

# 12 人群

**並不是每個人都能合群，享受合群是一種藝術**；只有在搖籃裡就被仙女養成對裝束與打扮的愛好、厭惡家居、熱愛出遊的人，才會疏遠人類，獨自陶醉於生活。

人群，孤獨：對於活躍而多產的詩人來說，這是兩個相等且可以對調的詞彙。**不懂得與眾人分享自己孤獨的人，也不會懂得在忙碌的人群中保持自己的孤獨。**

詩人享有這種無與倫比的特權，他可以隨意成為自己或他人，可以隨心所欲地附在任何人身上，就像那些尋求軀殼的遊魂。對他來說，一切都在虛席以待；如果有什麼地方似乎對他關閉，那是因為在他眼裡，這些地方不值得光顧。

孤獨而沉思的散步者，從眾人的一致性中獲得一種特別的狂喜；

容易和群眾結合的人才懂得狂熱的快樂，這是那些閉門不出的利己者和那些像軟蟲子一樣蜷縮起來的懶漢永遠得不到的。他適合於任何職業、任何環境給他造成的一切苦難與歡樂。

**與這種難以形容的狂歡以及在進行神聖賣淫的靈魂相比，被人們稱為愛情的東西真是太渺小、太有限、太微不足道了。**那些靈魂把自己的一切，不論是詩歌或慈悲，都獻給了突然出現的人和偶然路過的陌生人。

有時，不妨告訴世上的那些幸運者，天底下還有一種幸福比他們的更大、更廣、更純粹，哪怕只是暫時殺殺他們愚蠢的傲氣也好。殖民地的開拓者、民眾的牧師、浪跡天涯的傳教士，他們大概都有過這種神祕的陶醉；置身於用自己的才智建立起來的大家庭中，他們有時也會嘲笑那些抱怨他們的命運過於動盪、生活過於純潔的人。

# 13 寡婦們

沃夫納格[9]說，在公園裡，有些幽靜的小路上，來往的主要是那些壯志未酬的失意者、不幸的發明者、名譽掃地的人、傷心人，以及那些暴風雨的最後嘆息還在其身上轟鳴、內心喧囂、對外封閉的人。他們遠遠地避開興高采烈、遊手好閒的人們所投來的傲慢目光。**那些陰暗的地方是人生失敗者的聚會之處。**

詩人和哲學家特別喜歡到那些地方進行貪婪的遐想，那裡肯定有精神食糧。因為，正如我剛才所暗示的那樣，如果有什麼他們不屑光顧的地方，那就是富人們尋歡作樂的場所。**那種空虛的喧鬧對他們毫無吸引力，與之相對，令他們不由自主地受到吸引的，是那些弱者、失敗者、傷心人和孤獨者。**

經驗豐富的人絕不會弄錯。從那些嚴肅或沮喪的臉上，從那些凹

9 沃夫納格侯爵（Marquis de Vauvenargues, 1715~1747），法國作家、倫理學家，其傳世之作為《箴言集》（*Reflections and Maxims*），此處引用其中一章內容。

陷無神或閃爍著鬥爭的最後光芒的眼睛裡，從又深又密的皺紋裡，從那些如此緩慢、如此踉蹌的腳步中，一眼就能看穿被欺騙的愛情、不被賞識的忠誠、得不到酬報的努力和卑微地默默忍受的饑寒。

你可偶爾看過那些獨自坐在長凳上、貧窮的寡婦？她們不論是否戴孝，都很容易看得出來。而且，窮人戴孝時總像缺了點什麼，總有些不協調，這就使這種悲哀更讓人傷心。他們被迫對喪事精打細算，而富人卻在這方面大肆揮霍。

什麼樣的寡婦最悲慘、最讓人傷心？是手裡拉著一個孩子，而孩子卻不能分享其夢想的寡婦；還是孤身一人的寡婦？連我自己也不太清楚……。有一次，我尾隨一位這樣痛苦的老婦很長一段時間：她舉步維艱、挺直身子，披著一條破舊的小披肩，全身散發著一種禁欲主義者的高傲。

她極為孤獨，顯然註定要恪守單身老人的習慣；**她品行中的男子氣概更為她的嚴肅增添了神祕的辛辣**。我不知道她在哪家低級餐館以怎樣的方式用餐。我跟著她，一直走到閱報處；我久久地盯著她，只見她正忙著用那雙剛被淚水灼燙的活潑眼睛，從報紙上尋找獨特有趣的新聞。

終於，到了下午，那是一個迷人的秋日下午，天上傾瀉著悔恨和回憶，她坐在公園的僻靜之處，遠離人群，想靜靜地聽著一場音樂會，那裡正奏著一曲巴黎公民所喜愛的戰鬥進行曲。

也許，這就是這位清白的老婦人[10]的一點小小的縱欲吧！也許多年來，在上帝每年三百六十五次給她的沒有朋友、沒有交談、沒有快樂、沒有知己的沉悶日子裡，只有這一天她才得到一點安慰。

還有另外一位。對那些擁擠在公共音樂廳周圍的大群賤民，我總忍不住要看上一眼，這目光即便不是普遍同情的，至少也是好奇的。透過夜色，樂隊送來了喜慶和凱旋的樂曲。舞裙輕飄、閃光耀眼、目光交錯；遊手好閒者什麼都不做，煩得要命，他們晃蕩著身子，裝出一副懶洋洋的樣子在欣賞音樂。這裡全是有錢人、幸福之人；一切都沉醉在無憂無慮的快樂之中，除了外面靠在欄杆上的那些賤民，他們正免費聽著隨風飄來的斷斷續續的音樂，觀望著廳內輝煌的場面。

10 指在煉獄中淨化了自己罪過的人。

**富人的快樂反映在窮人的眼底深處，無論如何，這是一件很有意思的事。**但那天，在那些穿著藍工作服和印花粗布衣的人群中，我看到了一個人，高貴的氣質與周圍那些人的平庸形成了鮮明對比。

那是一位身材高大的女人，舉止端莊，神情極為傲慢，在古代貴族美女當中，我從未見過像她這樣的貴婦。她全身散發出高傲貞潔的味道，面孔憂傷而消瘦，與所戴的重孝十分協調。她與那些和她混在一起而她視而不見的平民一樣，用深邃的目光望著那些光彩奪目的人，一邊聽著音樂，一邊輕輕地點頭。

多奇特的場面啊！我自言自語地說：「我敢肯定，**她的那種貧窮，再窮也不會節儉到吝嗇的地步**。這張如此高貴的臉孔已向我保證。但她為什麼還要如此顯眼地置身於那些人當中呢？」

然而，當我好奇地走過她身邊時，我想我已猜到了其中的原因。這位高高的寡婦，手裡牽著一個和她一樣穿著黑色喪服的孩子。儘管門票價錢便宜，這點錢也許能給小傢伙買一點需要的東西，說不定還能買一個玩具呢！

她將徒步回家，沉思著、夢想著，孤孤單單，永遠地孤單下去；因為孩子是愛吵鬧的、自私的，不懂溫情，也沒有耐心；他甚至不能像動物那樣，例如貓和狗，成為孤獨痛苦者的知心朋友。

# 14 賣藝的老人

到處都擠滿了歡天喜地的度假者。這是一個盛大的節日。街頭藝人、雜耍者、馴獸者、流動商販們，早就盼望這種節日了，以便把當年淡季中的損失全賺回來。

**在這樣的日子裡，我覺得，人們把一切都忘了，**無論是痛苦還是工作；他們變得像孩子一樣。對孩子來說，這是休假的一天，是遠離上學恐懼的二十四小時；對大人來說，**這是和生活中的惡勢力締結停戰協定，也是普遍緊張和全面鬥爭中的暫時休息。**

就連上流社會和從事精神勞動的人，也難以擺脫這種民間節日的影響。他們不由自主地分享著屬於他們的那份無憂無慮。身為一個真正的巴黎人，我哪能不去觀賞這盛大節日裡爭奇鬥豔的貨攤？

其實，這些貨攤在激烈地競爭：攤販們叫嚷著、尖叫著、大聲吼叫著。叫喊聲、銅管樂器的奏鳴聲，與煙火的爆炸聲混在一起。丑角和愚僕們的臉因風吹雨淋日晒而黑瘦乾癟、不斷痙攣；他們像是對自己的演出效果信心十足的喜劇演員，說著俏皮話、開著玩笑，既結實又笨拙，就像作家莫里哀的喜劇中的小丑。那些大力士們，炫耀著自己發達的四肢，像猩猩一樣沒有額頭，也沒有顱骨，穿著專門為這場表演而在前一天晚上洗乾淨的緊身衣，神氣活現。那些美若天仙、有如公主般的舞女們，在小提燈的光亮下扭著腰，舞裙上灑滿了金光。

**到處都是亮光、灰塵、叫喊、歡笑和嘈雜；有的在花錢，有的在掙錢**，大家都很高興。孩子們拉著母親的衣裙，想得到棒棒糖，或者爬到父親的肩膀上，以便更清楚地觀看像神明一樣令人眼花撩亂的魔術師。到處都彌漫著油炸的香味，這味道壓倒了一切，就像專為這個節日所供燒的香火。

在一排貨攤的盡頭，我看到一位可憐的藝人。他好像自慚形穢，避開這片輝煌華麗；他駝著背，老弱不堪，活像一具僵屍，靠在他那間小棚屋的一根柱子上；那間棚屋比最愚蠢的野蠻人住的茅屋還要破爛。兩段蠟燭頭在屋裡流著燭淚、不斷冒著煙，把這貧窮的景象照得更加顯眼。

到處是歡樂、賭博、大吃大喝；不愁明天的吃食，到處是生命力瘋狂的爆發，這裡卻淒慘不堪；更恐怖的是，這種淒慘彷彿披著喜劇中滑稽可笑的襤褸衣衫。**在此造成對比的，不是藝術，而是貧困。**這個可憐的人，他不笑！他既不跳舞，也無動作；不叫喊，也不唱任何快樂的或是悲哀的歌曲，更不乞求。他沉默著，一動不動。他死心了、認輸了。他的命運已成定局。

可是，他向人群和燈光投去的目光是多麼深邃、多麼令人難忘！那流動的人潮和光波在離他可悲的慘景幾步遠的地方止住了。**我覺得有隻可怕的手歇斯底里地掐住我的脖子，眼睛似乎也被那些不肯滴落的淚水模糊了。**

怎麼辦？有什麼必要去問這位不幸的人，在他破爛的幕布後面，在這充滿惡臭的黑暗之中，他能表演什麼新奇的玩藝和絕活呢？說實話，我不敢問，而且，哪怕我膽怯的原因會使你發笑，我還是要承認，**我是怕讓他難堪**。最後，我決定在他那塊木板上留下幾個錢，希望他能明白我的用意。然而就在這時，人群不知為什麼騷動起來，一股人流潮水般湧來，把我沖得離他遠遠的。

回家途中，剛才那一幕一直在我眼前揮之不去，我試圖分析我剛才所感到的突如其來的痛苦，心想：「我剛才看見了一位老文人的形象。與他同輩的人都已經死了，可是他仍活在世上，他曾出色地逗樂過那代人；這也是一位老詩人的形象，沒有朋友、沒有家庭、沒有孩子，被貧困和忘恩負義的公眾所貶黜，健忘的世人再也不願邁進他的小棚屋。」

## 15 點心

一天，我在旅行途中，來到一個風景壯麗宏偉、美不勝收的地方。當時，我心中一度產生某種感覺，思緒也像這景色一樣輕盈地飄飛起來。那種低俗的情感，例如仇恨、世俗的愛情，就像腳下深淵中的雲氣，遠遠地飄離而去。**我覺得靈魂就像這包容著我的蒼穹那樣廣闊、那樣純潔；對塵世的記憶在腦海中越來越淡，就像另一座山的斜坡上可聞不可見的鈴鐺聲，十分遙遠。**

小小的湖泊，紋絲不動，幽深得發黑，湖面上時有雲影掠過，就像一位空中巨人的披風映在水面。我還記得這種寂靜引起的激動，它使我產生了莊嚴而罕見的情緒，既高興又恐懼。總之，由於陶醉在這令人心悸的美，我感到自己與自己、與宇宙都完全處於安寧之中。我甚至相信，在這極樂當中，我全然忘掉了塵世的一切罪惡，不再覺得那些宣揚人性本善的報紙有那麼可笑了——但就在這時，我無可救藥的軀體又產生了需求。我想稍做休息、吃點東西，以消除由於長時間攀爬而造成的疲勞。我從口袋裡拿出一大塊麵包、一個皮杯子，和一小瓶酏劑，這是當時的藥劑師們賣給旅遊者的，讓他們在需要時和雪水混著喝。

正當我不慌不忙地切著麵包時，忽然聽見一個極微弱的聲音。我抬起頭。一個衣衫襤褸的小孩站在我面前，黑黑的、頭髮蓬亂，凹陷的眼睛裡露出野性和乞求的神情，貪婪地盯著這塊麵包。我聽到他低聲而沙啞地吐出兩個字：「點心！」

聽到他以如此高雅的稱呼喊著這塊差不多是白色的麵包，我不禁笑了起來。我切了一大片麵包遞給他。他慢慢地走近，目不轉睛地盯著所垂涎的食物，然後一把搶過、迅速後退，好像怕我不是真心要給他，或者怕我已經後悔。

與此同時，不知從哪裡又跑出一個野孩子，長得和剛才那個一模一樣，就像是一對孿生兄弟。他把那個孩子推倒在地，爭奪起那塊珍貴的戰利品來。他們在地上打著滾，也許誰都不肯分一半給自己的兄弟。第一個小孩氣急敗壞，抓住第二個小孩的頭髮；第二個小孩則一口咬住第一個孩子的耳朵，吐出一小塊血淋淋的東西來，並用方言絕妙地咒罵了一句。麵包的合法主人試圖用小手去挖侵奪者的眼睛，侵奪者則使盡全力，一手掐住對方的脖子，另一隻手拚命想把戰利品塞進自己的口袋裡。可是，那個戰敗者由於絕望而振作，站起身來，一頭撞在勝利者的肚子上，把他撞倒在地。

何必描寫這場醜惡的戰鬥呢？事實上，這場戰鬥持續的時間超過了孩子們的力氣所允許的程度。麵包從一個孩子手裡轉到另一個孩子手裡，又不時地從這個口袋轉到另一個口袋；可是，唉！它的大小也變了；到了最後，他們精疲力竭、氣喘吁吁、鮮血淋淋，再也不能繼續爭奪下去了。而實際上，他們也沒有必要再爭奪下去：那塊麵包已經不見了，成了沙粒一樣的碎屑，與沙子混在一起。

這個場面使我眼前的風景黯然失色，遇到這兩個小孩之前的喜悅之情已蕩然無存。我傷心了好久，不斷重複著這句話：「有這麼一個美麗的地方，在這裡，麵包被稱作點心，**這樣的食物竟罕見得足以引起一場骨肉相殘的戰爭！」**

# 16 時鐘

中國人從貓的眼睛裡看時間。

有一天，一個傳教士在南京郊區散步，發現忘了帶錶，就問一個小孩，現在幾點鐘了。

那天朝[11]的孩子先是猶豫了一下，隨即改變了主意，回答道：「我這就告訴你。」不一會兒，他回來了，手裡抱著一隻肥胖的大貓。正如人們所說的那樣，他緊盯著貓的眼白，毫不猶豫地說：「現在還沒有完全到中午呢！」事實上正是如此。

至於我，如果我俯身去看美麗的費麗娜[12]（這個名字取得再恰當不過了，因為，她既是女性的光榮，也是我心中的驕傲和精神上的愉悅），不論白天還是夜晚，是在明亮的光線下還是在朦朧的昏暗之中，**我總能在她可愛的眼睛深處清楚地看到時間**，永遠專一的時間，

11 西方人稱古代中國為天朝。

12 Féline，法語對貓科動物的總稱，另有柔媚、狡黠的意思。

空闊、莊嚴，如宇宙般博大，無分秒之分——一個時鐘上找不到的靜止時間，然而，它卻輕如嘆息，迅疾得如一道目光。

當我盯著這個美妙的鐘盤時，如果有個討厭鬼來打擾我，有什麼不道德、無法容忍的精靈，或是有什麼不識時務的魔鬼來問我：「你在看什麼，如此細心？你在這生靈的眼睛裡找什麼？你看到時間了嗎，浪蕩鬼？」我會毫不猶豫地回答：「是的，我看到時間了：那就是永恆！」

夫人，這難道不是一種真正值得讚賞、並像你本人一樣誇大的恭維嗎？事實上，我如此高興地給你美化了這矯飾的奉承，但我並不要求你給我回報什麼。

# 17 頭髮中的世界

讓我久久、久久地聞著你頭髮中的芬芳吧，讓我把整張臉埋在其中——就像一個口渴的人把頭伸到泉水裡那樣；讓我用手撫弄你的頭髮吧，它就像一條香氣撲鼻的手帕，讓回憶在空中飄蕩。

但願你能知道我在你頭髮裡看到的、感到的、聽到的一切！我的靈魂神游在這芳香上，就像別人的靈魂神遊在音樂上一樣。

**你的頭髮裡藏著一個完整的夢**，夢中滿是船帆和桅杆；它藏著大海，海上的季風把我帶到氣候迷人的地方，那裡的天更藍、更高；那裡的空氣中充滿了果實、樹葉和人類肌膚的芳香。

在你頭髮的海洋裡，我隱約看到一個海港，那裡滿是哀傷的歌聲，擁擠著各民族的強壯漢子；永遠籠罩在暑氣裡的天空下，停泊著許多船隻，展示著它們精緻而複雜的構造。

撫摸著你的頭髮，我彷彿又回到了一艘漂亮的船上，船在港口輕輕地搖晃；船艙裡，我坐在花瓶和清涼的涼水壺之間的長沙發上，度過了漫長的煩悶時光。

在你頭髮的熾熱的火爐裡，我呼吸著摻有鴉片和糖的菸草氣味；在你頭髮的黑夜裡，我看到熱帶的藍天萬里無雲、陽光燦爛；在你頭髮長滿細草的岸邊，我陶醉在混合著柏油、麝香和可可油的氣味中。

讓我久久地銜住你烏黑粗大的髮辮吧！當我輕輕地咬嚙你那富有彈性、難以理順的頭髮時，我覺得自己彷彿是在吞噬回憶。

# 18 邀遊

有一個美麗富饒的地方，人稱理想的樂土。我夢想與往日的一個舊情人一同去那裡遊玩。那是一個奇異的地方，彌漫著北方的濃霧，可稱之為西方中的東方、歐洲內的中國。在那裡，熱情奔放的幻想可任意馳騁，耐心而執著地用精緻靈巧的植物替它妝點打扮。

那是一方真正的樂土，一切都那麼美麗、富饒、寧靜和誠實；那裡，奢華樂於在秩序中被反映出來，生活富足而甜蜜，混亂、嘈雜和意外都被排除得乾乾淨淨；幸福與寧靜結緣，連飯菜也富有詩意，豐盛而刺激食欲……那裡的一切都與你相像，我親愛的天使。

你知道在寒冷和貧窮中侵襲我們的那種熱病嗎？你知道對陌生之地的那種思念嗎？你知道急於滿足好奇心的那種憂慮嗎？**有個像你一樣的地方，那裡的一切都很美麗、富饒、寧靜和誠實**；在那裡，幻想建造並裝飾了一個西方的中國，生活甜蜜而快樂，幸福與寧靜結緣。應該去那裡生活，去那裡死亡！

是的，**應該去那裡呼吸、夢想，用無限的感覺來延長時光。**某位音樂家曾寫過《邀舞》[13]，那麼有誰來為《邀遊》譜曲，並且把它獻給心愛的女子，獻給選中的姊妹呢？

是的，**只有在那種氣氛中活著才有意思**——那裡，時間儘管過得緩慢，卻飽含著更豐富的思想；那裡，時鐘以更深沉、更莊嚴的聲響報告著幸福的時刻。

在光亮的壁板上，或是在金色的獸皮上，華麗而黯淡，悄悄地活躍著一些快樂、恬靜而深沉的繪畫，就像創作它們的藝術家的靈魂。夕陽透過美麗的簾幃或被鉛條分成無數小格的精工製作的高大窗戶，為餐廳和客廳抹上了一層耀眼的金輝。家具寬大、奇特、古怪，裝有暗鎖和隱祕的機關，猶如狡黠的靈魂。鏡子、金屬、布簾、金銀製品和陶瓷器皿，為人們的眼睛演奏著一曲神祕而無聲的交響樂；所有的物體、所有的角落，從抽屜的縫隙到布簾的褶縫，全都散發出一種奇

13 此指德國作曲家韋伯（Carl Maria von Weber, 1786~1826）的鋼琴曲《邀舞》（*Aufforderung zum Tanze Op.65*）。

特的香味，蘇門答臘的勿忘我，就像是屋裡的靈魂。

我要告訴你，那是一方真正的樂土。在那裡，一切都很富麗、整潔、光亮，宛如一顆美麗的良心，一套精美的餐具，一個閃光耀眼的金銀器，一件五顏六色的首飾！世界上的一切珍寶都彙聚在那裡，就像在一個勞動者家裡，他配得上享有整個世界。那是一個奇異之處，勝過他方，就像藝術高於自然；**在那裡，大自然被夢想改造、美化和修正。**

讓那些園藝學的煉丹士們探索、再探索，不斷地推遲自己幸福的界限吧！讓他們給幫助他們克服困難、實現雄心的人提供六萬、十萬弗羅林[14]吧！而我，我已找到了我的黑色鬱金香和藍色大麗花！

無與倫比的花，久別重逢的鬱金香，富有寓意的大麗花，難道不應該到那個如此寧靜、夢幻般美麗的地方去生活和開花嗎？難道你不會像你的同類一樣被框在畫框裡嗎？你難道不能像神祕主義者那樣打賭，在你自己的感覺中照見自己嗎？

是夢！永遠是夢！**靈魂越有野心、越是敏感，夢就讓它離可能**

—14 florin，英國兩先令銀幣的代稱。

**性更遠。每個人身上都有天然的鴉片成分，它不停地分泌和代謝；**而且，從生到死，我們數得清有多少時間是真正快樂的，又有多少時間我們做事是成功和果斷的呢？難道我們要永遠地生活和漂泊在我的精神所描繪的那幅和你一模一樣的圖畫中嗎？

這些財富、這些家具、這種豪華、這種秩序、這種芳香、這些神奇的花朵，就是你。這些大河和靜靜的運河也還是你！河面上的這些巨輪，裝滿了財寶，船工們在那裡哼著單調的船歌，就是我在你胸脯上安睡或滾動的思想。**你把它們悄悄地引向大海，那就是無限。**你美麗而清澈的靈魂映照出太空的高深——而後，當它們在波濤中顛簸累了，滿載著東方的物品回到故鄉的港口時，那仍然是我的思想，它從無限回到你的身邊，變得更加豐富了。

# 19 窮人的玩具

我想說說清白的娛樂是什麼樣的，無罪的娛樂實在是太少了。

當你上午出門，打定主意要到大街上閒逛，請在口袋裡裝滿一個蘇[15]一件的小玩意，例如用一根線就可牽動的扁平木偶小丑、在鐵砧上打鐵的鐵匠、騎士和他的響尾馬——你沿著酒吧走到樹下，把它們送給你所遇到的那些不認識的窮孩子。你會看到，他們瞪大眼睛，起初還不敢收，不敢相信有這等好事，然後，他們會迅速奪過禮物，落荒而逃，就像貓一樣把你丟給牠的食物銜到遠處去吃，牠們知道要提防人類。

在一條大路旁，有個大花園，花園的盡頭矗立著一座美麗的白色城堡，沐浴在陽光下。花園的柵欄後面，站著一個漂亮而神氣的男孩，他穿著十分美麗的鄉村服裝。奢華闊綽、無憂無慮、見慣了富貴

15 Sol，法國貨幣名稱，二十蘇合一法郎。

場面，使這孩子顯得如此俊美，**讓人覺得他們是用另一種材料製成的，與中等人家或窮人家的孩子不同。**

在他身邊的草地上，躺著一個漂亮的布娃娃，像主人一樣容光煥發，上過漆、鍍過金，穿著絳紅色的裙子，帽子上插著羽毛、綴著玻璃珠子。可是，這孩子並不理會他心愛的玩具，而是在看別的東西。

柵欄的另一邊的路上，在薊草和蕁麻之間，也有一個孩子，又髒又瘦，臉黑得像煤灰，那是窮人家的孩子。可是，如果擦掉他身上那種討厭的貧苦鏽蝕，公正的眼睛立即就能從他身上發現一種美，如同一個行家透過馬車上的罩漆，就能聯想到一幅漂亮的畫作一樣。

隔著把兩個世界、把大路和城堡分開的這個具有象徵性的柵欄，窮孩子在向富孩子炫耀自己的玩具，後者貪婪地看著，就像看一件稀有的、從未見過的東西。而這個髒孩子在鐵籠裡逗弄、折磨和搖晃著的玩具，竟是一隻活老鼠！他的父母可能是為了省錢，給他弄來了這麼一個玩具。

**兩個孩子友好地互相笑著，露出同樣潔白的牙齒。**

# 20 仙女的禮物

仙女們舉行了盛大的集會，要給過去這二十四小時以來誕生的新生兒分配禮物。

那些古老的、任性的命運女神，那些歡樂與痛苦的古怪的女神，表現極不相同：有的臉色陰沉，悶悶不樂；有的笑逐顏開，狡黠機靈；年輕的一直年輕，年老的一直年老。

所有信奉仙女的父親們都來了，大家都抱著自己的新生嬰兒。

所有的禮物，如才能、幸運、良好的機遇全堆放在裁判席邊，就像授獎時放在臺上的獎品一樣。不同的是，這些禮物並不是用來獎勵一個人的努力，恰恰相反，**它是對那些尚未生活過的人的一種賞賜**。這種賞賜能決定其命運，成為他們幸福或不幸的根源。

可憐的仙女們忙得不亦樂乎；因為求賞的人太多，而介於人與神之間的這些仙女也像我們一樣，遵守著時間和它後面無窮的法則：日、時、分、秒等。

事實上，仙女們就像大臣被召見那樣驚愕，或像當鋪職員到了可以免費贖回典當物的盛大節日。我甚至覺得她們也不斷焦急地望著時鐘的指標，就像人間的法官，早上一開庭就忍不住想著晚餐、家庭和他們舒適的拖鞋。**如果在仙境的法庭上都有什麼倉促或偶然的事件發生，人間的法庭上有時出現同樣的情景也就不足為奇了。**在那種場合，我們自己也會成為不公正的法官的。

那天還真的出了一些差錯。如果人們認為仙女永遠謹慎而不任性的話，這些差錯就讓人感到有點奇怪了。

因為，像磁石一樣吸引財富的巨大力量，被判給一個富豪的唯一繼承者，而這個孩子沒有一點慈悲心，對世上最顯而易見的財富也沒有任何欲望，他以後會被萬貫家產所困的。

而愛美之心和詩才卻被贈予一個無賴的兒子，這個無賴性情陰鬱，根據他的狀況，怎麼也不能幫助其不幸的後代發揮才能，滿足其各種要求。

我忘了告訴你，在這種莊嚴的場合，禮物的分配是一錘定音、不得點名的，收到任何禮物都不能拒絕。

最後，所有的仙女們都站了起來，以為她們這項繁重的工作已經完成，因為所有的禮物都已發完，一切恩賜都給了這些人類的幼苗了。這時，一個老實人，我想是個可憐的小商販，站起身來，抓住離他最近的那位仙女的五彩雲裳，大聲叫道：「哎呀，夫人，你把我們給忘了！還有我的小傢伙呢！我可不願白來一趟！」

那位仙女當時一定很尷尬，因為什麼都沒有了。不過，她馬上想起了一條眾所周知的規則，儘管這條規則在神靈們（例如仙女、財神、火龍神、男精靈和女精靈、男水妖和女水妖）居住的仙境裡很少使用，但作為人類的朋友，她們還是不得不經常迎合人類的熱情。我說的這條規則是：在類似的情況下，也就是說，當禮物全都分完的時候，准許仙女再變出一份禮物，只要她有足夠的想像力，就能立即創造出來。

於是，那位善良的仙女表現出符合其身分的鎮靜，回答道：「我給你的兒子……我給他……**人見人愛的本領**。」

「可是，怎麼人見人愛呢？討誰的喜歡？為什麼要討人喜歡？」小販一個勁兒地問。顯然，**他是那種思維能力很一般的人，無法提升到對荒誕進行邏輯推理的程度**。

「因為……因為……。」仙女憤怒地反駁道，並轉過身去，追上她的同伴，對她們說：「你們說我該拿這個虛榮自負的小法國人怎麼辦？他什麼都想知道！他已經替他兒子拿到了最好的禮物，竟然還敢詢問和爭辯無可爭辯的事情。」

# 21 愛神、財神、榮耀

昨夜，兩個英俊的撒旦和一個同樣漂亮的女魔鬼，登上了神祕的階梯，**地獄就是從那裡進攻熟睡者的弱點並與之密談的**。祂們自命不凡地站在我面前，就像站在講臺上一樣。三個人身上發出藍瑩瑩的光芒，在昏暗的夜色中顯得格外耀眼。祂們是那麼高傲、那麼威嚴，起初我竟把祂們三人當作了真神。

第一個撒旦表面上看不出性別，其身體的線條還帶有昔日酒神的那種柔軟。祂美麗而憂鬱的眼睛閃著陰沉而茫然的目光，就像還含著暴雨沉重淚珠的紫羅蘭，而祂那半張的嘴脣，就像熱烘烘的香爐，從裡面散發出沁人心脾的香氣；每當祂呼一口氣，那些飛來飛去、帶有麝香味的昆蟲就迎著祂的熱氣閃閃發光。

祂身穿絳紅色外衣，腰間束著一條耀眼的蛇，蛇抬起頭，向祂轉過炯炯發亮的眼睛。在這條活腰帶上，相間掛著盛滿禍水的小瓶、閃光的刀子和外科手術器械。祂右手拿著另外一個小瓶，裡面裝著閃閃發光的紅色液體，瓶子的標籤上寫著這麼幾個怪字「喝吧，這是我的血，極好的補品」；祂左手拿著一把小提琴，大概是用來歌頌自己的歡樂和痛苦的，並在惡魔聚會之夜用它來傳播自己的瘋狂。

在祂精美的腳踝上，拖著幾節被砸爛的金鎖鏈，當祂因此而被迫低頭時，祂就揚揚得意地注視著自己像是經過精心雕琢、寶石一樣閃亮光滑的腳趾甲。

祂的目光中流露出一種陰險的醉意，祂悲傷地望著我，用悅耳的聲音對我說：「如果你願意，如果你想要，我就讓你成為眾靈之君，主宰有生命的物質，比雕塑家對黏土更權威；你將不斷獲得這種樂趣：**擺脫自身，在別人的身上忘掉自己，吸引別人的靈魂，直至他們與你的靈魂相融。**」

我回答祂：「謝了！我不需要這種低劣的頭銜，**那些人也許並不比可憐的我更有價值**。儘管回想起來有些羞愧，可我什麼都不願忘掉；雖然我不認識祢，老怪物，但祢神祕的刀剪、可疑的小瓶和絆腳的鏈環都是象徵，它足以清楚地表明**祢的友誼並不可靠**。留著祢的禮物吧！」

第二個撒旦既沒有這種悲喜交加的神情，也沒有這種巧妙的奉承和精緻芬芳的美。這是一個身高體闊的漢子，胖胖的臉，眼睛瞇成一條縫，大腹便便的肚子蓋住了大腿，皮膚金黃，像是刺著紋身，上面是一群不斷移動著的小人，各種慘狀盡在其中：有的又瘦又小，自願吊在一顆釘子上；有的又矮又醜、瘦骨嶙峋，活像侏儒，可憐巴巴地望著你，乞求施捨，這目光比他們顫抖的手更令人憐憫；還有一些老邁的母親，懷裡的早產兒叼著她們乾癟的乳房……還有許多別的。

這個胖撒旦用拳頭捶打著自己的大肚子，發出如金屬般悠長而響亮的鏗鏘聲，這聲音最後變成了由無數人聲匯合而成的模糊不清的呻吟。這時，他恬不知恥地露出一口壞牙，大聲地傻笑著。**各國飽食終日、無所事事的人都這樣。**

祂對我說：「我可以送你一件東西，它可以使你得到一切；它比什麼都寶貴，可以代替一切！」說完，祂拍了一下祂那可怕的肚子，響亮的回聲替祂粗魯的語言做了注釋。

我厭惡地轉過頭去，回答祂說：「我不需要，**我不想用別人的痛苦來換取自己的快樂**；我不要你糊牆紙一般的皮膚上那些不幸者帶來的讓人傷心的財富。」

至於那個女魔鬼，要是我不承認一見到祂，我就發現祂身上有種神奇的魅力，那我就是撒謊了。為了說清這種魅力，只能把祂與那些極漂亮的女人相比。她們雖然青春已逝，但總不顯老，其美貌具有廢墟那樣的強大魅力。祂長得既專橫，又笨拙，其目光雖然黯淡，卻有一種迷人的力量。最使我震驚的，是祂神祕的嗓音，使我想起最美妙的女低音，也有點像經常灌白酒的喉嚨發出的嘶啞聲。

「你想知道我的威力嗎？」眼前這個假女神用那迷人而反常的聲音說：「聽著！」祂拿起一把巨大的銅號，放在嘴裡吹起來。銅號像蘆笛一樣，繫著寫有世界各種報紙名稱的絲帶。祂用這把銅號吹著我的名字，那聲音就像萬鈞雷霆怒吼，響徹雲霄，從最遠的星球傳來。

「天哪！吹得真好！」我差點被征服了。但當我仔細端詳這位迷人的悍婦時，我發現好像在哪裡見過祂，祂和我認識的幾個怪人一起碰過杯；而且，這沙啞的銅號聲，讓我回憶起另一把被糟蹋的銅號。

於是我極輕蔑地回答祂：「滾開！**我絕不迎娶某些我不願意說出名字的人的情婦。**」

的確，這種如此勇敢的克己行為，我有權為此感到自豪。不幸的是，我醒來了，渾身軟綿綿的，四肢無力。我自言自語地說：「真的，**我一定睡得很熟，所以才這樣謹慎**。啊！如果祂們能在我清醒的時候回來，我就不會這樣挑剔了。」

我大聲地祈求祂們，請祂們饒恕我，並答應祂們，為了不辜負祂們的恩寵，祂們該怎麼侮辱我就怎麼侮辱我。但我肯定大大冒犯了祂們，因為祂們從此以後再也沒有回來過。

# 22 黃昏的微明

夜幕降臨了。辛勞了一整天而疲憊不堪的可憐者，現在終於得到了巨大的安寧，他們的思緒染上了黃昏柔和而朦朧的色彩。

這時，一聲長長的嚎叫，透過傍晚透明的雲層，從山頂傳到我的陽臺。這嚎叫由一大堆不協調的喊叫聲所組成，被空間變成了一種淒涼而和諧的聲音，就像是漲潮聲或是風暴來臨的聲音。

這些不幸者是些什麼人？黃昏不能使他們寧靜，**他們像貓頭鷹一樣，把黑夜的來臨當作是惡魔夜會的訊號**。這不祥的叫聲是從山上昏暗的瘋人院裡傳來的；每天晚上，我一邊抽菸，一邊凝視著寧靜的巨大山谷，那裡布滿了屋子，每扇窗戶似乎都在說：「現在，這裡一片安寧；這裡有家庭的歡樂！」每當晚風從那上面吹來，我便帶著驚喜的思緒，沉浸在這模仿地獄和聲的諧音當中。

黃昏會讓瘋子興奮——我想起我的兩個朋友，黃昏會使他們生病，其中一個到了黃昏就全然不顧友誼和禮貌，像野人一樣粗暴地對待他遇到的任何人。我曾看見他把一隻肥雞向飯店老闆的頭上扔去，只因他覺得在那隻雞的身上看到了什麼侮辱人的象形文字。黃昏，本來預示著極大的快樂，而在他看來，卻糟蹋了最美味的佳餚。

另一個是遭到挫折的野心家，隨著太陽下山，他就變得尖刻憂鬱、愛戲弄人。他白天還挺寬容友善的，一到夜晚就冷酷無情：不僅把這黃昏的躁狂瘋狂地發洩到別人身上，而且也發洩到自己身上。

前一個後來連自己的老婆和孩子都認不出來，發狂而死；後一個呢，由於持續的不安和苦惱，即使能得到共和國和帝王們所能賜予的一切榮譽，我相信，黃昏也會讓他強烈地渴望虛幻的榮譽。**夜晚，給他們的精神帶來的是黑暗，給我的精神帶來的卻是光明**；同樣的原因產生兩種相反的結果，這雖不罕見，但我對此總感到驚慌。

**夜啊！令人心爽的黑暗！對我來說，你是內心歡慶的象徵，是煩惱的解脫！**在曠野的寂靜中，在都市石砌的迷宮裡，繁星閃爍、燈火明亮，你們是自由女神的火焰！

黃昏啊，你多麼溫柔甜蜜！粉紅色的霞光滯留在天際，就像在黑夜乘勝追擊下敗退的白天；又像是多枝燭臺的燭火為夕陽餘暉抹上一層暗紅色的光點；一隻看不見的手從東方深處拉出沉重的帷幕。**這一切都仿若在人生的莊嚴時刻，人的內心所進行搏鬥的種種複雜感情。**

似乎還可把黃昏比喻成舞女的奇裝，透明的深色薄紗，讓人隱約看到一條漂亮的裙子，彷彿在當下的黑暗中顯露出美好的往昔；黑夜所播下的這些亮晶晶的金星銀星，象徵著只有在黑夜深深的悲哀中才能點亮的幻想之火。

# 23 孤獨

一位慈善的報館老闆對我說，孤獨對人來說是不好的。為了證明他的觀點，他像所有不信神的人那樣，引用了教堂神父的話。

我知道，惡魔喜歡出沒於荒野之地，凶殺與姦淫的精靈在孤獨中顯得特別活躍。**但孤獨可能只對那些無所事事、放蕩不羈的人才是危險的，因為這些人用激情和幻想來充實孤獨。**

可以肯定的是，以高踞講壇或演說臺發表演講為無上快樂的健談者，如果置身於魯賓遜的荒島上，很可能會變成狂暴的瘋子。我並不要求這位報館老闆要有克魯索[16]那樣勇敢的美德，但我要求他不要橫加指責那些愛好孤獨和神祕的人。

在那些喜歡誇誇其談的人當中，有些人如果被允許在斷頭臺上發表演說，他們會甘願接受極刑，而不擔心桑泰爾[17]的鼓聲會不合時宜

16 魯賓遜．克魯索，英國小說家笛福（Daniel Defoe）《魯賓遜漂流記》中的主角。

17 安托萬．桑泰爾（Antoine Joseph Santerre, 1752~1809），法國大革命時曾指揮巴黎國民衛隊，路易十六上斷頭臺時要求講話，他下令敲鼓干擾。

地打斷他們的話。

我不同情他們，因為我想，**這種滔滔不絕的發洩會給他們帶來快樂，就像別人能從沉默和冥想中獲得快樂一樣；但我蔑視他們。**

我尤其希望這位可惡的報館老闆能讓我自由尋歡作樂。他帶著宣揚教義的使徒慣用的鼻音對我說：「難道你從未覺得有必要與別人分享快樂嗎？」瞧這狡猾的嫉妒鬼！他知道我鄙視他的喜悅，想闖入我的喜悅之中，這個令人掃興的討厭鬼！

「不能獨立生存是多麼的不幸啊！」拉布魯耶[18]曾在什麼地方這樣說過。這好像是**為了羞辱那些加入人群以自我忘卻的人，這些人大概是怕自己忍受不了自身的存在。**

「我們所有的不幸，都是由於不能待在自己的房間裡造成的。」另一位哲人帕斯卡[19]這樣說。我想，他是想把那些發瘋似的人召回冥想的斗室裡去。這些人在運動和被稱之為「兄弟友愛」（如果我能用本世紀最美的語言來說的話）的自身出賣中尋求幸福。

18 尚．拉布魯耶（Jean de La Bruyère, 1645~1696），法國倫理學家，著有散文集《品格論》（*Les Caractères ou les Mœurs de ce siècle*）。

19 布萊士．帕斯卡（Blaise Pascal, 1623~1662）法國數學家、物理學家、哲學家，著有《思想錄》（*Pensées*）。

# 24 計畫

他在一個幽靜的大花園裡散步，心想：「如果她穿上一套精心製作的豪華宮廷服，在一個美麗的夜晚，穿過暮色，走下宮殿的大理石臺階，來到巨大的草坪和噴水池邊，那她該多美啊！因為她天生一副公主的樣子。」

隨後，他來到一條大街上，並停在一家版畫店前，看到一幅畫著熱帶風景的版畫。他心裡又想：「不！我不想在宮殿裡占有她寶貴的一生。在那裡我們不會有家的感覺。而且，在金碧輝煌的牆上，沒有地方可以掛她的肖像；莊嚴的走廊裡，沒有一個角落可讓我們說悄悄話。顯然，還是應該在此做我的美夢。」

他一邊用眼睛分析著版畫的細節，心裡一邊繼續這樣想：「在海邊，有一座美麗的木屋，四周環繞著許多我已忘了名字的奇異閃光的樹木……霧氣中，有一股說不出來的醉人的味道……木屋裡傳來薔薇和麝香的濃香……遠處，在我們小小的領地後面，尖尖的桅杆在波濤中搖動……粉紅色的光亮透過簾子，照亮了屋子。我們周圍，放著一些新鮮的蘆席和醉人的鮮花，擺著幾張用沉重的烏木料製成的具有洛可可風格[20]的葡萄牙珍稀座椅，（她在那裡安靜地休息，沐浴著涼風，吸著略帶鴉片的煙草！）遮陽的遊廊後面，沉醉於陽光中的鳥兒嘰嘰喳喳地叫著，幾個黑人小女孩在嘰裡咕嚕地說話……夜裡，樹木又奏著音樂，憂鬱的木麻黃樹哀唱著，為我的夢幻伴奏！是的，那正是我所尋找的地方。還要宮殿幹什麼？」

而後，他又沿著一條大街走去，看到一家乾乾淨淨的小客棧，從一扇掛著印花布簾的窗子裡伸出兩個滿面笑容的腦袋。他立即又想：**「我的思想一定是太奔放了，竟然捨近求遠。快樂和幸福就在隨處可見的客棧裡，**就在偶然發現的客棧裡，這裡真是快樂極了。暖烘烘的爐火、鮮豔奪目的瓷器、滿不錯的晚餐、濃烈的美酒、寬大的床，床單雖有點粗糙，卻是新的；還有比這更好的嗎？」

---

20 Rococo，十八世紀誕生於法國的藝術形式與風格，因盛行於路易十五統治時期，故又稱「路易十五式」。具有輕快、精緻、細膩、繁複等特點。

在獨自回家的路上，《智慧書》[21]上記載的忠告終於不再被外界的嘈雜所窒息。他心想：「今天，在夢中，我有三個住處，我在每處都感到同樣快樂。**既然我的靈魂如此輕鬆地漫遊，為什麼還要強迫我的身體換地方呢？既然計畫本身就有足夠的樂趣，何必非得將它付諸實行呢？**」

21 《舊約聖經》的第二聖書，誤傳為索羅門所著。

# 25 美麗的多羅泰[22]

太陽以其強烈而毒辣的光線撲向城市；沙灘耀眼，大海閃著光，人們昏昏沉沉、萎靡不振地，睡著午覺。**這種午覺可以說是一種甜蜜的死亡，人們在半睡半醒的狀態中體驗著死去的快樂。**

然而，多羅泰，她像太陽一樣強大而高傲，在空蕩蕩的大街上走著。此刻，在遼闊的藍天下，她是唯一的生靈，頭頂陽光，在地上投擲出一個耀眼的黑影。

她向前走著，嫵媚地扭著她那寬大的臀部上的細腰。鮮豔的粉色貼身綢裙與她黝黑的皮膚形成鮮明的對比，清晰地勾勒出她那修長的身軀、凹陷的背部和突起的乳房。

她的紅傘，過濾著陽光，為她黝黑的臉龐抹上一層紅紅的脂粉。

她近乎藍色的濃密而厚重的頭髮，往後拉拽著她優美的頭頸，賦

22 Dorothée，波特萊爾於一八四一年在模里西斯島遇到的一個土著的女兒。

予她一種得意而慵懶的情調；沉重的耳墜在她嬌美的耳邊悄悄低語。

微微的海風不時掀起她那飄動的裙角，露出她光亮迷人的小腿；她的腳掌，如同被囚禁在歐洲博物館裡的大理石女神像的腳，在細沙上忠實地印下形狀。因為多羅泰非常愛美，對她來說，**被人讚美的快樂，遠比獲得自由的驕傲還要來得重要**，再說，儘管她已自由，她仍然赤著腳走路。

她就這樣身姿優美地向前走著，充滿生活的快樂，露出真誠的微笑，**就像看到遠遠的前方有面鏡子，照著她的步態和美麗。**

在狗都被毒熱的太陽烤炙得發出痛苦呻吟的時候，是什麼重要的事情使慵懶、美麗、像青銅一樣冷漠的多羅泰如此遠走呢？

她為什麼要離開她那整潔漂亮的小屋？她只用了一些鮮花和席子，花費不多，就把小客廳裝飾得十分美麗；當海水在百步外拍擊著沙灘，單調而有力地替她迷茫的美夢伴奏時；當鐵鍋煮著番紅花蟹肉米飯，從庭院深處傳來誘人的香味時，她在屋子裡歡快地梳頭、抽菸、納涼，或是在她的大羽毛扇的鏡子裡自我欣賞。

也許，她是去和一位年輕的軍官約會。那位軍官在遙遠的海灘上曾聽到同伴談起眾所周知的多羅泰。這個天真單純的造物肯定會請他講講歌劇院的舞會，問他是否可以赤著腳進去，就像這裡的週日舞會一樣，連那些卡菲爾[23]老太婆都興奮得如癡如狂；她還會問巴黎的美女是否都比她漂亮。

多羅泰，所有人都讚美和寵愛她，如果她不是迫不得已地一個銅板一個銅板地攢錢，以贖回她十一歲的小妹妹，她本來會很幸福的。小妹妹已經發育，也那麼漂亮！善良的多羅泰，她肯定會成功的。妹妹的主人太吝嗇了，不懂得除了金錢以外還有其他美麗的東西！

23 Kaffer，非洲東部班圖族的一個部落。

# 26 窮人的眼睛

啊！你想知道我今天為什麼恨你。你當然很難弄明白，還不如讓我來解釋；因為，我認為，**你是世界上最典型令人難以理解的女性**。

我們曾一起度過了漫長的一天，可這一天在我看來是多麼短暫。我們曾互相許諾，我們的思想將互相統一，我們的兩顆靈魂今後要合二為一——這畢竟不是什麼獨特的夢想，總之，**人人都這樣夢想過，但誰也沒有實現過**。

那天晚上，你有點累，想到一家新開的咖啡館前坐坐。這家咖啡館在一條新建的馬路拐角，儘管地上還布滿泥灰，卻已神氣地顯示出尚未完成的富麗堂皇的氣派。咖啡館裡燈光通明，煤氣燈剛剛點燃，燒得正旺，全力照亮了白得耀眼的牆壁。光亮的鏡子，鑲金貼銀的護條和突飾，牽著狗、臉蛋胖乎乎的侍童們，對著棲在自己拳頭上的鷹隼微笑的太太們，頭上頂著水果、點心和野味的仙女們和女神們，伸著臂、端著盛滿奶茶的雙耳壺和端著彩色冰淇淋二尖塔的赫柏和加尼米德[24]，這些故事和神話都被用來為大吃大喝服務了。

馬路上，正對著我們，直挺挺地站著一位四十來歲的老實人，面容憔悴，鬍子灰白，一手領著一個小男孩，另一隻手抱著一個還不會走路的小生命。他是在充當保姆，晚上帶孩子出來散步。他們衣衫襤褸，三個人臉上的表情都十分嚴肅，六隻眼睛死死地盯著這家新開的咖啡館，其欣賞程度只因年紀的差異而略有區別。

做父親的眼睛像是在說：「真漂亮啊，真漂亮啊！**這可憐的世界上所有的黃金好像都鑲嵌到這些牆上了。**」小男孩的眼睛則像是在說：「多漂亮啊，多漂亮啊！**但這房子只有跟我們不一樣的人才能進去。**」至於那個最小的孩子，他都看得入迷了，只露出驚訝的神情和深深的喜悅。

歌手們曾這樣唱道：「歡樂使心靈善良，柔腸寸斷。」這首歌對那天晚上的我來說是唱對了。**我不僅被這一家人的眼神所感動，而且**

---

24 赫柏（Hébés）和加尼米德（Ganymedes），古希臘神話中的人物。加尼米德是一位美少年，因此受到眾神之王宙斯的喜愛，將他帶到天上，代替青春女神赫柏為諸神斟酒。

**為我們那些對於解渴來說顯得太大的酒杯和酒瓶感到有些慚愧。**我轉過臉，看著你的眼睛，親愛的戀人，想從中看出我的想法；我沉浸在你那雙如此美麗、如此溫柔的眼睛裡，沉浸在你那雙被任性占據、被月神賦予靈感的綠眼睛裡。這時你卻對我說：「這些人張著車燈似的大眼睛，真讓我難以忍受！你不能請咖啡館的老闆攆走他們嗎？」

**我親愛的天使，互相了解竟如此困難，思想是多麼難以溝通啊，哪怕是在相愛的人之間！**

# 27 英勇的死亡

法亞烏勒是個人人讚賞的小丑，而且差點成了國王的朋友。然而對於以滑稽為終生職業的人來說，嚴肅的事情卻有不可抗拒的吸引力，祖國和自由的觀念頑強地占據了一個丑角的腦袋，儘管這件事顯得有些奇怪。但有一天，法亞烏勒還是參與了由幾個心懷不滿的貴族所策畫的陰謀。

到處都有好人向當局揭發那些滿腹牢騷的人——他們不徵求眾人的意見就想廢黜君主，進行社會改革。後來，涉事的貴族都被逮捕了，法亞烏勒也不例外，而且註定要被判死刑。

我想，國王見到他寵愛的喜劇演員也在叛逆者當中，肯定會氣得暴跳如雷。這位國王既不比別的國王好，也不比別的國王壞，**但他過於敏感，這使得他在很多場合都顯得比其他君主更殘酷、更專制。**他酷愛藝術，而且也是個出色的行家，所以他的快樂確實難以滿足。**他本人就是個真正的藝術家，不怎麼把人事和道德放在心上，而把無聊當作是唯一危險的敵人。**他為了逃避或者戰勝世上的這種暴君，而做出了種種不可思議的努力，嚴肅的歷史學家知道了肯定會把他形容為怪物，如果他在他的領域能不單單為了快樂或驚奇而寫作的話（驚奇也是快樂最微妙的形式之一）。

這位國王最大的不幸，是他從來不曾有一個能讓他充分發揮才能的廣闊的舞臺。有些年輕的尼祿[25]就這樣被窒息在過於狹窄的地方，後人一直都不知道他們的名字和良好的願望。但漫不經心的上帝卻給了這位國王一份比他的國家更大的才能。

突然，有消息說，國王想赦免所有的反叛者；這消息來自一場大型演出的海報，因為法亞烏勒要在那場演出中扮演最重要、也是他最拿手的角色，而且，據說連那幾個被判刑的貴族也要出席觀看；一些目光短淺的人說，這充分說明了被冒犯的國王寬大為懷。

對於一位生性如此古怪和固執的人來說，不論是行善還是寬大，

25 尼祿（Nero, 37~68），古羅馬皇帝，以暴虐、放蕩與多才多藝聞名。

一切都是有可能的，尤其是如果他能從中得到意想不到的快樂。可是，在像我這樣能深刻洞察這個奇怪而病態的靈魂的人看來，可能性更大的是，這位國王想鑑定一個被判了死刑的人的表演才能。他想藉此機會給一個死刑犯做個生理實驗，**看看藝術家慣有的才能會被其所處的險境改變或影響到何種程度**。而在他心中是否或多或少有點惻隱之意呢？這一點是永遠也弄不清楚的。

終於，那個重大的日子到了。這個小小的宮廷極盡鋪張之能事，一個資源有限的小國，其貴族階級在莊嚴的時刻竟能擺出如此豪華的場面，若非親眼目睹，實在很難想像。這種豪華表現在兩個方面，首先是它不可思議的奢侈，其次是與此有關的神祕的道德趣味。

法亞烏勒先生尤其擅長扮演默劇或寡言的角色，這在以象徵手法表現人生奧祕的神話劇中常常是主角。他登上舞臺，輕鬆而自如，這更打動了看戲的貴族們的惻隱之心。

當我們說一位演員「真是個好演員」時，這話含有這樣的意思，即**透過他所扮演的角色，仍可辨出演員本人**，也就是說，看出他的演技、功夫和意志。然而，如果一個演員在他所要表現的角色身上，能與古代那些最傑出的雕像媲美（它們妙不可言、活靈活現、似乎腿能走眼能看），達到通常所說的那種美，這也許是完全出乎意料之外的個例。那天晚上，法亞烏勒的演技完全達到了理想的程度，人們不得不承認這個角色是活生生的、可能的和真實的。這位小丑走來走去，笑著、哭著、抽搐著，**頭上有一道除了我以外誰都看不見的永遠不滅的光環**，其中，奇特地夾雜著藝術之光和殉難者的榮譽。法亞烏勒不知用什麼絕招，把神聖的、超自然的東西引入了最荒誕的滑稽當中。當我試圖向你們描述這個難忘的晚會時，我的筆在顫抖，激動的淚水奪眶而出。法亞烏勒以不容置疑和無可辯駁的演技向我表明：**對藝術的沉醉，是克服對深淵的恐懼的最好武器**；天才可以在墳墓旁快樂地演出，這種快樂使他對墳墓視而不見，就像他現在一樣，把墳墓和死亡統統拋諸腦後，如在天堂一般。

所有的觀眾，哪怕他們再怎麼麻木和淺薄，都立即被這個藝術家的巨大威力所懾服。沒有人再想到死亡、哀傷和酷刑。這生動的藝術傑作，讓大家無憂無慮地沉浸在無限的快樂之中。歡呼聲和讚嘆聲就像經久不息的雷鳴，多次震撼劇場的拱頂。連國王本人也被陶醉了，與他的大臣們一起鼓起掌來。

然而，在明眼人看來，他的陶醉摻雜著別的情感。他因自己的獨裁統治而沮喪了？他為自己的那種使人膽戰心驚、思想麻木的手腕感到羞辱了？他的希望落空、美夢泡湯了？在我觀察國王的臉色時，這種未經證實但也絕非毫無根據的假想在我腦海中閃過。只見他本來就蒼白的臉上又不斷地增添新的蒼白，就像雪上加霜。

當他為他的老朋友——這位嘲笑死亡的古怪小丑的天才表演鼓掌時，他的嘴唇抿得越來越緊，眼裡閃著內心的嫉妒與仇恨的光芒。過了一會兒，我看到陛下俯身對他後面的一個小侍從耳語了幾句。那個英俊的年輕人，調皮的臉上立即閃現出笑容，匆匆離開國王的包廂，像是要去完成一項緊急任務。

幾分鐘之後，一聲又尖又長的口哨聲打斷了法亞烏勒最精彩的表演，也撕裂了觀眾的耳膜和肺腑。一個少年強忍著笑，在觀眾席裡讓人意想不到地喝起倒彩來，然後飛快地從走廊裡跑走了。

法亞烏勒抖了一下，從夢中醒來，先是閉上眼睛，然後又很快睜開，瞪得很大很大，接著張開嘴，好像一邊痙攣一邊呼吸。他向前蹣跚了幾步，又往後退了幾步，最後僵硬地倒在舞臺上死去了。

**那像利劍一樣迅捷的口哨聲，會使劊子手自嘆不如嗎？**國王本人事先預料到自己的詭計真的能殺人嗎？這值得懷疑。他惋惜他所喜愛的那位無與倫比的法亞烏勒嗎？相信這一點應該是令人愉快，而且也是合情合理的。

那些有罪的貴族也是最後一次觀看演出。當天晚上，他們就被剝奪了生命。

自那以後，不少在各國受到好評的默劇演員都來該國王宮裡演出，但他們當中沒有一個比得上法亞烏勒的傑出才能，也沒有人能得到同樣的恩寵。

# 28 偽幣

我們離開菸店以後，我的朋友把錢幣仔細地分揀了一下：他把小金幣塞進背心的左口袋裡，把小銀幣放在背心的右口袋裡，接著又把一大把銅幣塞進左邊的褲袋裡，最後把一個兩法郎的銀幣特別仔細地察看了一下，塞進右邊的褲袋裡。

「分得這麼仔細，真怪！」我心想。

我們遇到一個窮人，他顫抖著向我們伸過帽子——我從未見過比這更令人不安的眼睛：那默默乞求的眼神對善於察言觀色的人來說，包含了多少謙卑和責備啊！**我們鞭打一隻狗時，牠的淚眼裡有時就會浮現出這種深刻而複雜的感情。**

我朋友施捨得要比我多得多。我對他說：「你是對的；**除了被驚訝，沒有比給人驚訝更大的快樂了。」**

「這是一枚偽幣。」他平靜地回答，好像在為他的慷慨辯護。

可是，在我這總是愛自找煩惱的可憐的腦子裡（大自然賦予了我一種多麼討厭的才能啊！），突然閃過一個念頭：朋友的這種行為，只有當他想在那個可憐蟲的生活中製造一樁大事，或許想知道一枚偽幣在一個乞丐手裡，會產生怎樣的不幸或是別的什麼後果時，才是可以寬恕的。那枚偽幣會不會換到很多真幣呢？會不會害得他去坐牢呢？也許酒店老闆或麵包鋪老闆會把他當作一個偽幣製造者或流傳者，而派人把他抓起來。對於一個卑鄙的投機商來說，那枚偽幣則完全可以使他在幾天中就大發橫財。我的思緒翩翩，順著這位朋友的意圖展翅而飛，根據一切可能的假設做出可能的推斷。

可是，這位朋友突然打斷了我的遐想，並把我剛剛的話重複了一遍：「是的，你是對的；**最大的快樂是給人意想不到的東西，讓他感到驚訝。**」

我白了他一眼，驚愕地看到他的眼睛裡閃過一種不容置疑的直率。我這才明白，他剛才是既想行善，又想做筆好交易；既省下了四十個蘇，又贏得了上帝的心；沒花幾個錢就登上了天堂，最後還免費拿到一張慈善家證書。我剛才幾乎原諒了他罪惡地取樂的欲望，覺得他拿窮人來開玩笑有點奇怪、奇特；可現在，我是絕不會再原諒他的這種荒唐打算了，**做壞事是永遠得不到寬恕的。不過，知道自己在幹壞事還有一點可取之處，最不可救藥的惡行是出於無聊而作惡。**

# 29 慷慨的賭徒

昨天，當我在大街上穿過人群時，似乎有個神祕的傢伙與我擦肩而過。這是一位我一直渴望認識的人，儘管從未見過，但我立即就認出來了；而他大概也同樣有和我結識的願望，因為他從我身邊經過時，意味深長地向我使了一個眼色。我馬上就聽從了他的暗示，小心翼翼地跟著他。

不一會兒，我們來到一個地下室，那兒富麗堂皇，巴黎沒有一個高級場所能與之相比。我覺得很奇怪，我經常路過這個神祕的巢穴，卻從來沒有發現它的入口。**那裡面彌漫著誘人的香味，儘管有點醉人，但使人一下子就能忘掉生活中的所有恐懼**：人們在那裡享受著完美的幸福，就像那些吃了忘憂果的人，來到一個風景迷人的島上，那裡永遠都充滿午後的陽光。聽著悅耳的瀑布發出讓人昏昏欲睡的聲音，他們心中產生了永遠不回家、不想再見到妻兒、不想乘風破浪的念頭。

地下室裡有許多男女，古怪的臉上露出一種不可抗拒的美。我好像覺得曾經在什麼地方見到過他們，但已記不確切了。這些面孔沒有讓我產生見到陌生人時常有的恐怖，而是一種兄弟般的好感。如果我要用某種方式來描述他們奇特的目光，我會說我從未見過這樣的目光，**它閃爍著對無聊的厭惡和對生存的永久渴望。**

當我和東道主就座時，我們已經成了老朋友。我們痛快地吃著，盡情地喝著各種好酒。奇怪的是，幾個小時以後，我似乎覺得自己並不比他醉得厲害。可是，賭博，這種非同尋常的快樂多次中斷我們的痛飲，我得說我是在輕鬆和一種滿不在乎的大無畏氣概中，在決定勝負的第三局輸掉我的靈魂的。**靈魂是一個如此捉摸不透的東西，常常毫無用處，有時還使人感到難堪。我輸掉它比我在散步時丟了名片還覺得無所謂。**

我們久久地抽著雪茄，那種無與倫比的味道和香氣，讓我懷念起故鄉和陌生的幸福；我沉醉在這些快樂當中，表現出一種並不會使他不高興的親暱，大著膽子，舉起斟得滿滿的酒杯，大聲叫道：「祝你永萬壽無疆，老畜生！」

我們也談到了宇宙，談起了宇宙的創造和它未來的毀滅；談到了本世紀偉大的思想，即進步論和可臻完善論，談的更多的還是人類自命不凡的各種表現。在這個問題上，這位老先生滔滔不絕，不斷地開著輕鬆而又無可辯駁的玩笑。**他在表達思想時所用的優美語調和穩重的風趣，我在人類最著名的健談者中都未曾見過。**他向我解釋了至今為止占據人們頭腦的各種哲學的荒謬性，甚至屈尊向我透露一些基本原理，這些原理誰都不該與我共同分享和獲益。他對他在世界各地的惡名沒有半句怨言，並向我斷言，他是最希望破除迷信的人，還向我承認，他對自己的能力只擔心過一次。那天，他聽到一位比其同行更精明的說教者在布道臺上大聲疾呼：「親愛的弟兄們，當你們聽到有人讚揚文明的進步時，千萬不要忘記，**魔鬼最高明的詭計是說服你們，讓你們相信祂並不存在！**」

想起這位著名的說教者，我們的話題自然就被引到科學院上面。我的這位奇怪的飯友言之鑿鑿地告訴我，在很多情況下，他並非不肯指導學究們的筆頭、語言和良心，他差不多每次都親自出席科學院的會議，儘管人們沒有看見。

他是這樣善良，讓我鼓足勇氣，向他打聽上帝的消息，問他最近是否見到過上帝。他以一種略帶憂傷而又漫不經心的口吻回答我：「我們碰到時，互相打了個招呼，可是，就像兩位年邁的貴族一樣，**與生俱來的禮貌不能完全抹去對舊恨的回憶。**」

這位殿下大人也許從來沒有如此長時間地接見過一個凡人。我怕濫用了這次機會。最後，當顫巍巍的曙光照亮窗子的時候，這位被那麼多詩人所歌頌、被那麼多哲學家（他們其實都在其榮譽的蔭庇下工作）所用的名人對我說：「我想讓你對我留下美好的回憶，並向你證明，儘管有那麼多的人說我的壞話，但有的時候，借用你們的一句俗語來說，我是一個好魔鬼。為了補償你輸掉靈魂這無可挽回的損失，我將再給你賭本。如果你走運，你就有可能贏，也就是說，**讓你在一**

**生中減輕和戰勝你古怪的『無聊病』，它是你一切疾病的根源，也是你進步不大的原因。**如果我不幫你，你的任何願望都無法實現；你將遠遠超過你的那些庸俗的同類，被人奉承、甚至受人崇拜；黃金、白銀、鑽石、仙境似的宮殿也會前來找你，求你收下它們，而無需你費舉手之勞；你可以隨心所欲地經常調換祖國和地方，前往那些迷人之處，那裡的天氣永遠暖和，女人都像鮮花那樣芳香撲鼻，你將陶醉於快樂之中，毫無倦意……。」他說著站起身來，善良地微笑著，把我打發走了。

如果不是怕在大庭廣眾前丟臉，我真會心甘情願地拜倒在這位慷慨的賭徒腳下，感謝他這種罕見的豪爽。可是，當我離開他以後，不可救藥的疑心病又漸漸地回到了我的身上；我不敢再相信這種如此神奇的幸福，而當我上床時，我依然按照愚蠢的習慣做起了禱告，在半睡半醒中重複道：「上帝啊，我的上帝！請讓這個魔鬼信守諾言！」

## 30 繩子——致愛德華・馬奈[26]

我的朋友對我說：「幻覺，也許和人與人之間或人與事物之間的關係一樣，複雜多變。幻覺消失時，也就是說，當我們看到人或事以其本來面目出現在我們面前時，我們會產生一種奇怪而複雜的感覺，**一半是對消失了的幻象感到惋惜，一半是在新奇和真實面前感到欣喜和驚訝**。如果真有一種明顯的、平凡的、始終如一的和永遠受騙的東西存在，那就是母愛。母親沒有母愛，就像光沒有熱，是難以想像的。把母親對孩子的一切行動和語言都歸結於母愛，這難道不完全合乎情理嗎？可是，請聽聽這個小故事，我已被最逼真的幻覺弄得糊裡糊塗。

「我是個畫家，這個職業讓我對路上所遇到的每個人的面目和表情都會細細觀察。你知道，這種能力使我們看到的生活比別人看到

26 愛德華・馬奈（Edouard Manet，1832~1883），法國著名畫家，十九世紀印象派的奠基人之一。

的更加生動、更有意義。我們從中獲得了多大的快樂啊！在我居住的那個偏僻之處，寬大的草地把各個建築物隔得遠遠的。在那兒，我常看到一個孩子，他的表情比別的孩子都更加熱情和頑皮，這一點首先吸引了我。他曾不只一次充當我的模特兒，我有時把他畫成一個小流浪漢，有時畫成一個小天使，有時還畫成神話中的愛神。我讓他拿著江湖藝人用的那種小提琴，戴上耶穌受難時的荊冠，假裝釘上鐵釘，手裡拿著愛神的火炬。我從這頑童的滑稽動作中獲得了極大的滿足，有一天，我甚至請求他貧窮的父母把他讓給我，我承諾讓他穿上好衣服、給他零錢花，除了替我洗畫筆和跑腿之外，不讓他幹別的活。這個孩子把臉洗乾淨後變得非常可愛，他在我家過的生活與他在父母的破屋裡過的生活相比，就像從地獄進了天堂。只是，我得說，這個小傢伙有時表現出早熟而古怪的哀傷，這使我很吃驚；他不久就暴露出對糖和酒的過分嗜好，以至於有一天，儘管我曾多次警告，他還是被我當場捉住。我威脅他，要把他送回他父母那裡去。後來，我就出去辦事了，很久才回家。

「回到家裡時，天哪，太可怕了，太讓人震驚了！我一眼就看見我的小傢伙，我生活中的那個淘氣夥伴，竟吊死在大衣櫥上！他的腳幾乎觸到了地板，一把椅子倒在旁邊，大概是被他用腳踢翻的；他的頭痙攣著歪在肩上，臉腫脹著，眼睛張得老大，可怕地瞪著。起初我以為他還活著。把他放下來並不像你想的那麼容易，他已全身僵硬，我不想讓他重重地摔在地上，得用一隻手臂托起他的全身，再用另一隻手割斷繩子。但這還不行，這個小魔鬼用的是一根很細的繩子，繩子已深深地勒進了他的肉裡，必須用小剪刀找到勒進皮肉裡的繩子，剪斷它，才能鬆開脖子。

「我忘了告訴你，我曾大聲呼救，但所有的鄰居們都拒絕前來幫忙，在這一點上，他們遵照文明人的習慣，不知是為什麼，絕不插手上吊的事。最後，來了一個醫生，說這孩子已經死去幾個小時了。後來，當我們要脫下他的衣服、裹上屍布埋葬時，他的屍體僵硬得根本無法把他的四肢曲起，只好把他的衣服撕破、剪爛。

「我當然要把此事報告給警長。警長斜著眼睛盯著我，說：『這很值得懷疑！』他這樣說無疑是出自於固有的想法和職業的習慣——**不論是無辜者還是罪人，先嚇一嚇再說。**

「最後還有一件大事要做，而一想到這點，我就感到惶恐：必須通知他的父母。我的雙腳不聽使喚，不肯讓我去見他的父母。最後，我終於鼓足了勇氣。然而，使我大為驚訝的是，孩子的母親無動於衷，眼角沒有一滴淚水。我把這種反常歸結於她的驚恐。我想起一句格言：**『最可怕的痛苦，乃是無言的痛苦！』**至於那位做父親的，他心不在焉，慢吞吞地說：『這也許更好，反正他是沒有好下場的！』

「可是，當屍體放倒在我的長沙發上，我在一個女僕的幫助下正忙於準備後事時，孩子的母親走進我的畫室，說，她想看看兒子的屍體。我確實無法阻止她陷入悲痛，也無法拒絕給她這份最後的沉痛安慰。她要我指給她看孩子上吊的地方。『喔！別看了吧！夫人，這會使你傷心的。』我這麼回答她，當我的眼睛無意之中轉向那個陰森的壁櫥時，我感到一陣噁心，摻雜著恐怖和憤怒之情。我看到那個釘子還釘在櫥板上，一截長繩還拖在那裡。我趕忙衝過去，拔掉這不幸事件的最後遺跡。就在我要把這些東西從打開的窗戶扔出去時，那個可憐的女人拉住我的手臂，用一種不可抗拒的口氣對我說：『啊！先生！請把這留給我！求你了！』我想，肯定是她的絕望使她變得那樣失常，以至於現在對兒子用來吊死的物件都有感情，想留作可怕而又寶貴的紀念品——她把釘子和繩子都奪了過去。

「終於完了！終於完了！一切都辦完了。我只有比往常更努力地投入工作，好藉此慢慢地忘掉那具一直縈繞在我腦海的小小屍體。他的陰魂張著呆滯的大眼睛，使我感到無比煩惱。但到了第二天，我收到許多信：有些是本樓房客寫來的，有些是附近幾棟樓房的住戶寫來的。一封來自二樓，一封來自三樓，另一封來自四樓，每層都有：有些信文筆詼諧，**彷彿要用表面的打趣掩蓋其真心的要求**；另一些信寫得極為粗俗，錯字連篇；可是，所有的信都是同個目的，就是向我索取一段令人傷心而又招福的繩子。從信的署名來看，我不得不說，女的比男的多。請相信，他們並非全屬於平民階層。我把這些信件都保存了起來。

「突然，我腦子裡一閃，明白那位母親為什麼一定要從我手裡奪過那段繩子，她是想用這筆買賣來安慰自己。」

# 31 天賦

在一個美麗的花園裡，秋天的陽光似乎因樂不思蜀而姍姍來遲。天空已經變成了綠色，金色的雲彩在天上飄遊，像是移動的陸地。四個漂亮、年輕的小夥子，他們大概是玩膩了，坐在一起說笑。

一個說：「昨天，我被帶去看戲。宮殿既大又淒涼，背景是大海與天空。裡面有男人也有女人，各個嚴肅而憂傷，但他們穿的衣服要比我們平時所見的人漂亮得多；說起話來就像是在唱歌。他們互相威脅、互相哀求、互相致歉，而且還經常用手按著插在腰間的匕首。啊！那些女人漂亮極了！比到我們家裡的女客還要漂亮、高大得多。她們的眼睛大大的、臉紅紅的，儘管有點可怕，卻使人不能不喜歡她們。人們感到害怕，忍不住想哭，但還是很高興……而且，更奇怪的是，大家都想穿上他們那樣的衣服、說他們那樣的話、做他們那樣的事、用他們那樣的聲調來交談……。」

四個孩子中，有一個已經有好一陣子不聽同伴們說話了。他吃驚地凝視著空中的不知什麼地方，突然說：「瞧！瞧瞧那兒！……你們看到祂了嗎？祂坐在一朵孤獨的小雲彩上面，就是那朵火紅的雲彩，在緩緩地移動。祂也在移動，彷彿還望著我們。」

「到底是誰啊？」其他孩子問道。

「上帝！」他用深信不疑的口氣答道：「啊！祂已經走遠了；再過一會兒，你們就看不到他了。祂大概是在旅行，想看看別的國家。瞧，祂就要走到天邊那排樹林後面去了……才這麼一會兒，祂又落到鐘樓後面去了——啊！看不見祂了！」這孩子朝那個方向看了好長一段時間，盯著天地之間的地平線，眼裡露出難以言喻的興奮與惋惜。

「他真是愚蠢！那個上帝，就他一個人看得見嗎？」這時，第三個孩子開口了，小小的身體顯得特別有生機和活力。「我跟你們講一件你們肯定沒有遇到過的怪事，比你們說的戲院和雲彩要有趣得多——幾天前，父母帶我去旅行，由於我們所住的旅館床位不夠，我不得不和保姆同睡一張床。」——他把同伴們拉到跟前，壓低聲音：「我不是一個人睡，而是在黑暗中和保姆一起睡。這就產生了一種奇妙的感覺。我怎麼也睡不著，便趁她睡熟之際，用手摸她的臂膀、脖子和肩膀。她的臂膀和脖子比所有別的女人都要肥胖得多，皮膚很柔滑，就像信紙和絲綢一樣。我摸得很開心，要不是害怕，害怕把她弄醒，害怕我自己也說不清的什麼東西，我會不斷地摸下去。後來，我把頭深深埋在她的頭髮當中，她的頭髮垂在背上，濃密得像馬鬃，香得不得了。我敢保證，就像現在這個花園裡的花一樣香。如果你們有機會，像我這樣去試試就明白了！」

描述這段奇聞的「小作者」，在說話時雙目圓睜，似乎還因那一段經歷而驚奇。落日的餘暉掠過他蓬亂的紅棕色捲髮，閃耀得像是激情四射的燦爛光輪。不難猜想，他不會在雲中尋找神靈耽誤一生，而將經常到別處去尋找。

最後，第四個孩子說：「你們知道，我很少在家裡玩；他們從不帶我去看戲；我的監護人又太小氣；上帝也不管我；我閒得發慌，也沒有漂亮的保姆來嬌慣我。**我常常覺得，我的快樂就是一直往前走，不知道去哪裡，也不需要有人為此擔心**，一直走下去，看看新的國土。我在哪兒都覺得不舒服，總認為去別的地方會好一些。是的！上次在鄰村的集市上，我看到三個男人，他們正過著我嚮往的那種生活，你們都沒在意。他們身材高大，皮膚差不多是黑色的，儘管衣衫襤褸，卻很傲氣，一副誰都不求的樣子。他們一演奏起音樂，陰鬱的大眼睛就炯炯有神；那音樂真是不可思議，讓人聽了一會兒想跳舞，一會兒想哭，或者使人既想跳舞又想哭。如果聽得太久，肯定會使人發瘋。他們當中，一個拉著小提琴，像在傾訴自己的哀怨，另一個把小鋼琴用皮帶掛在脖子上，手拿小錘敲擊著琴鍵，像是在嘲笑他那位哀傷的夥伴，第三個人則不時地猛敲手中的鐃鈸[27]。他們太得意了，甚至在人群散去後還繼續演奏那野蠻的音樂。最後，他們把觀眾賞的小錢撿起來，背上行囊就走了。我很想知道他們住在什麼地方，就遠遠地跟著他們，一直走到森林的邊際。到了那裡我才明白，原來他們沒有固定的住處。

27 樂器名，古代銅製擊樂器。形制相似，而稍有區別。圓形，中間有凸起部分，每付兩片，演奏時以兩片相擊發聲。

他們之中有一個人問：『要不要架帳篷啊？』

『我想用不著！』另一個回答道：『夜色多美！』

第三個人一邊數著收來的錢，一邊說：『這裡的人不懂音樂，他們的老婆跳起舞來就像狗熊。幸好再過一個月我們就要去奧地利了，在那裡，我們就可以碰到可愛一些的觀眾了！』

『去西班牙也許更好，因為雨季快到了。可得趁雨季沒到之前避一避！我現在只求潤潤嗓子。』另兩人中的一個這樣說道。

你們看，他們說的我都記住了。後來，他們每人喝了一杯燒酒，就面朝著星星睡著了。起初，我還想求他們把我一起帶走，教我彈奏那些樂器，但我沒有這樣做，因為要下決心做點什麼總是很難，而且我也害怕在離開法國之前就被抓回來。」

其他三個孩子似乎對此不大感興趣，我發現這個小傢伙已經是個不被理解的人了。我仔細打量著他，**他的眼睛裡和額頭上有某種「必然要倒楣且致命」的早熟跡象**，這種早熟往往很難得到別人的同情，但不知為什麼，卻博得了我的同情。我立即產生了奇想，以為自己有一個從未認識的弟弟。

太陽下山了。莊嚴的暮色籠罩了一切。**孩子們相互道別，順從不同的環境和機遇，在不知不覺中去完成自己的命運、得罪自己的親朋好友，走向榮譽或恥辱。**

# 32 酒神之杖——致弗朗茲・李斯特[28]

什麼是酒神之杖？從精神和詩歌方面來說，它是神聖的象徵，由男祭司或女祭司們拿在手裡頌揚神性，而他們就是神性的傳話人和侍奉者。可是，從物質方面來說，它只是一根木棍，再純粹不過的木棍，或是忽布桿[29]也好，葡萄樹的支柱也罷，總之，它又乾又硬、筆直堅挺。在這木棍的周圍，莖和花纏繞攀爬，有的彎彎扭扭，呈逃跑狀；有的枝垂花斜，像垂吊著的鐘或倒扣的酒杯。從這種柔和或明亮線條與色彩的交錯中，迸發出令人驚豔的美。**這難道不是曲線和螺旋線在向直線求愛，在其周圍翩翩起舞以表示無言的愛慕嗎？**這難道不像是所有這些色與香迸發的美麗花冠和花萼，在神杖周圍大跳神祕的凡丹戈舞[30]嗎？但究竟是這些花和葡萄蔓為神杖而生，還是這神杖只是藉口，用來顯示葡萄蔓和花的美麗呢？哪個輕率的俗人敢斷定？

28 弗朗茲・李斯特（Franz Liszt, 1811~1886）匈牙利作曲家、鋼琴家、指揮家，浪漫主義大師，有「鋼琴之王」之稱。

29 houblon，植物名，即蛇麻草，桿子可用，花可用作啤酒香料增加啤酒的苦味。

30 Fandango，西班牙民間舞蹈，以響板伴奏。

強大的、受人崇敬的大師，親愛的酒神祭司，你讚頌神祕而熱情的美，這根神杖就是你令人驚嘆的雙重性象徵。被無敵的酒神激怒的林中仙女，在她那些慌亂的同伴頭頂揮舞其酒神之杖時，哪有你發揮才能、打動你的弟兄們內心時那麼有力而多變——這神杖就是你的意志，剛直、堅定、不可動搖；這些花，就是圍繞著你的意志漫遊的幻想，是女性在男性周圍所跳的迷人的單足腳尖轉舞。直線和阿拉伯式花紋曲線、意圖與表現、意志的堅定不移、動詞的迂回曲折、目的的一致、方式的多樣、天才堅固而不可分割的混合，又有哪位分析家會有這可惡的膽量去把你們分開呢？

親愛的李斯特，穿過迷霧、越過河川，在有鋼琴頌揚你的榮耀、有印刷廠傳播你才智的城市，不論你在什麼地方，是在永恆之城[31]的華麗當中，或是在束比納斯王[32]所安慰的那些夢鄉[33]的霧裡，不論是即興創作歡樂的或是無比痛苦的歌曲，還是在紙上寄託你深奧的沉思，**你啊，永遠快樂和苦惱的歌手、哲學家、詩人和藝術家**，祝你萬古不朽！

---

31 指羅馬，李斯特於一八六一年遷居於此。

32 Cambrinus，比利時布拉班特地方傳說中的王者，傳說他發明啤酒釀造法。

33 指德國，德國人愛喝啤酒，喜愛李斯特的鋼琴作品。

# 33 陶醉吧

就永遠地陶醉吧。最要緊的就在於此：這是唯一的問題。**時間都快壓斷你的肩膀了，迫使你向地面彎下腰去。若想讓自己不再感到那可怕的重負，你必須不停地陶醉。**

但該用什麼來陶醉呢？用酒、用詩或是美德，隨你的便。只要你快快陶醉。

假如，你有時在宮殿的臺階上，在溝邊的綠草上，在你憂鬱孤獨的房間裡醒來，醉意已經減弱或消失，那就去問風、問浪、問星星、鳥兒、時鐘和一切逃遁的、呻吟的、滾動的、歌唱的、談話的東西。問問它們現在是什麼時間；風、浪、星星、鳥兒、時鐘將告訴你：「現在到了該陶醉的時候了！**為了不做奴隸，不受時間的折磨，去陶醉吧；**不停地陶醉！用酒、用詩或是美德，隨你的便。」

# 34 已經到了

太陽已經無數次從那幾乎一眼望不到邊的巨盆似的大海裡升起，或光芒四射，或憂傷悲哀；它也已經無數次地沉入黑夜這巨大的浴缸裡，或輝煌，或鬱悶。

許多天來，我們就已經能凝視蒼穹的另一端，試圖解開那遙遠天邊的朦朧之謎。每一個遊客都在呻吟和抱怨，接近陸地似乎加劇了他們的痛苦。他們說：「我們什麼時候才能安安穩穩地睡覺，不被波濤顛簸、不被海風侵襲？海風比我們的鼾聲響多了。我們什麼時候才能安安穩穩地坐在椅子上好好消化？」

有些人想家，後悔丟下不忠而乏味的妻子和哭鬧不休的孩子。大家都被這不見陸地的景象弄得惶惶不安。**我相信，如果有草吃，他們會吃得比牲畜更起勁。**

最後，我們終於見到了海岸；越來越靠近時，我們發現這是一片美麗而耀眼的陸地。生命的音樂從那兒隱約傳來；長滿各種綠色植物的岸邊，送來一陣陣鮮花和果實的芳香，幾里外就能聞得到。

頓時，大家都高興起來，心中的陰霾一掃而空，所有的爭吵都被拋諸腦後。相互間的過錯都被原諒了；約定的決鬥從記憶中抹掉了，怨恨也都煙消雲散。

只有我一人獨自憂傷，難以想像的憂傷。如同一位被剝奪了神性的祭司，要離開這如此誘人的大海，我不由得悲痛萬分。**大海極為單純，卻又變化無窮，彷彿蘊藏著過去、現在和將來一切眾生的情緒、苦悶和狂喜，而這些，都表現在它的嬉戲、波動、憤怒和微笑中。**

在與這無與倫比的美告別時，我感到沮喪極了。所以，當旅伴們說「終於到了」的時候，我只說了一聲：「已經到了！」

然而，這是陸地，充滿喧鬧、熱情、舒適和歡樂的陸地；這是一塊富饒、美麗、充滿希望的陸地，它為我們送來了玫瑰和麝香的神祕芬芳，生命之樂從那裡升起，化作情意綿綿的竊竊私語向我們飄來。

# 35 窗

透過打開的窗戶從外頭向裡看的人，肯定沒有比看關著的窗戶的人看到得多。沒有什麼比一扇被燭光照亮的窗子更深邃、更神祕、更豐富、更陰鬱、更燦爛奪目。**在陽光下所能見到的東西，往往沒有在玻璃窗後面發生的事情那樣有趣。在黑暗的或是光亮的窗洞裡，生命在生長、做夢、受苦。**

透過那些波濤似的屋頂，我瞥見一個貧窮的婦女，面容乾癟，人已衰老，總是彎著腰在做什麼，從不出門。我根據她的面容、衣著、動作甚至她的細枝末節，編造出這位婦女的故事，或者不如說她的傳奇，有時我一邊哭一邊講給自己聽。

如果那是個可憐的老頭，我也會同樣自如地編出他的故事。

於是，我睡下了。**竟然能體會自身以外的人的生活和苦痛，我感**

到自豪。

也許你們會問我：「你敢說這些故事是真的嗎？」如果它曾幫助過我生活，幫我感到自己的存在，讓我感覺到自己是什麼樣的人，那麼，我自身以外的現實又有什麼重要呢？

# 36 繪畫的欲望

**人類也許是不幸的，可是，被欲望折磨的藝術家卻是幸福的。**

我渴望畫下那位我覺得非常罕見而又轉瞬即逝的女性。她像一種令人難以割捨的美好的東西，消失在遊人背後的黑夜裡。可惜的是她從很久以前就消失了！

她很美，而且不只是美；她令人驚奇。在她身上，黑就是一切：黑夜和深沉，這就是她在人們心中所喚起的一切。**她的眼睛就像兩個黑洞，閃爍著朦朧而神祕的光芒；她的目光像閃電一樣耀眼：這是黑暗中的爆炸。**

如果可以設想世上有一個能傾瀉光芒與幸福的黑色天體，我將把她比作一輪黑色的太陽。可是，她讓人更樂意想起月亮，也許月亮這個比喻更能表現出她可怕的影響吧！這個月亮可不是牧歌中冷冰冰的新娘似的白月亮，而是**懸掛在亂雲飛渡、暴雨欲來的夜空，迷人而不祥的月亮**；它也不是趁純潔的人們入睡時，前來光顧的安詳而謹慎的月亮，而是從空中被強摘下來，雖然失敗但仍在反抗的月亮，是被色薩利[34]的魔女強迫在可怕的草地上跳舞的月亮！

在她小小的額頭裡，有著頑強的意志和對獵物的喜愛。在她那神色不安的臉上，有兩個翕動的鼻孔，呼吸著未知之物和不可能之物。而在這臉龐的下面，爆發出一陣陣大笑，具有一種難以形容的優雅。她的大嘴紅白相間、甜蜜芬芳，令人想到火山地帶剛剛開放的美麗而神奇的鮮花。

**有些女人讓人想去戰勝她們、享受她們，但這位女性卻使人想在她的目光下慢慢地死亡。**

34 Thessalian，希臘北部地名，傳說該地方的魔女的咒語能引起月蝕。

# 37 月亮的恩惠

月亮，是反覆無常的化身。當你睡在搖籃裡時，她會透過窗戶望著你，自言自語地說：「這孩子討我喜歡。」

於是，她輕柔地走下雲梯，悄悄地穿窗而來，然後露出母愛的溫暖躺在你身上，在你的臉上抹上她的顏色。所以你的雙眸依然是綠色的，而臉頰卻顯得極為蒼白。正因為你在凝視這位來訪者，你的眼睛才瞪得出奇得大；**她是那麼溫柔地緊抱著你的脖子，以致你以後總忍不住要哭出來。**

然而，在喜極之時，月光充滿了整個房間，像是含有磷光的大氣，又像是亮晶晶的毒藥；這活躍的光線在思考，像是在說：「你將永遠受我親吻的影響，你將像我一樣美麗，你將愛我之所愛和愛我之物：水、雲、寂靜和黑夜；浩瀚的藍色大海，無形而多姿的水。你永遠不會去的地方，你永遠不會認識的戀人；奇形怪狀的花朵，使人發狂的馨香；在鋼琴上發愣、聲音輕柔沙啞、像女人一樣呻吟的貓！

「你將被我的情人們所愛，被奉承我的人所奉承。你將成為那些綠眼人的王后，我也在我溫柔的夜間摟抱過他們的脖子。那些男人，他們喜愛大海，遼闊的、洶湧的藍色大海，無形而多姿的水。他們永遠不會去的地方，他們永遠不會認識的女人；像陌生宗教的香爐一樣的不祥之花，麻痺意志的香氣；淫蕩的野獸——那是瘋狂的象徵。」

正因為如此，我親愛且被慣壞的孩子，我現在躺在你腳邊，在你渾身上下尋找可怕的神、預告命運的教母和毒害所有月狂病患者[35]的乳母的影子。

35 月狂病患者（lunatique）是受月亮影響、週期性發作的精神病患。古羅馬人認為精神狀態會受月亮的影響。患月狂病的人，隨著月亮滿月，狂病也會加劇。

# 38 哪一個是真的她？

我認識一位名叫貝內狄克妲的女孩，**她使周圍的一切都充滿理想的氣氛**。她的眼睛流露出對偉大、美、榮譽和一切使人信以為不朽的事物的欲望。

可是，這個漂亮的女孩長得太美了，以至於紅顏命薄，我認識她沒幾天，她就死了。有一天，當春天的芬芳一直飄到墓地裡的時候，是我親手把她埋葬的。是我把她密封在像印度寶箱一樣不會腐朽的香木棺材裡，親手將她埋葬的。

當我雙眼盯著我埋寶的地方時，我突然看到一個與死者十分相像的小人，古怪而粗暴、歇斯底里。她踩著新土，大笑著說：「真正的貝內狄克妲是我！我是個有名的女惡棍！為了懲罰你的瘋狂和盲目，你要愛現在這個樣子的我！」

我暴跳如雷，回答：「不行！不行！絕對不行！」為了強調我的拒絕，我拚命地跺腳，以至於我的腿都深陷到新堆起的墳裡，一直陷到膝蓋。結果，我就像隻中了圈套的狼，也許要永遠深陷於這理想的墓穴中了。

# 39 純種馬

她很醜，但她很可愛！

**時光和愛情的爪子在她身上留下了烙印，無情地告訴她：每一分鐘和每一次接吻都將奪走她的一些青春和朝氣。**

她的確生得奇醜不佳；她是一隻螞蟻、一隻蜘蛛，如果你願意，甚至說她是一具骷髏也可以；但她也是飲料、靈丹、魔術！總之，她溫柔可親。

時光破壞不了她那步履的輕快與和諧，也無損於她不可摧毀的優美身段。**愛情沒有減弱她那孩子般香甜的氣息**；她濃密如馬鬃的頭髮，時光也沒能拔掉一根，從那裡散發出來的野性的清香，顯示出法國南方巨大的活力，那些充滿陽光、愛情和魅力的城市，如尼姆、埃克斯、阿爾勒、亞維儂、納爾波納、圖盧茲等。

時光和愛情使勁地啃咬她，但全是徒勞，它們絲毫沒有減少她那男孩一樣的胸脯所具有的朦朧但又永久的魅力。

她也許有點憔悴，但並不疲憊，而總是英姿勃勃，使人想起那些高貴的純種馬，不論是套在華麗的出租馬車上，還是被拴在沉重的運貨車上，真正的行家一眼就能認出牠來。

而且，她又如此溫柔、如此熱情！她的愛，就像秋天裡的愛；就像即將來臨的冬天在她心裡燃起新的火焰，而她那奴顏婢膝的柔情也絕不會使人討厭。

## 40 鏡子

一個醜陋的男人走了進來，照著鏡子。

「既然你在鏡子裡看到的只會使你不悅，你為什麼還要照鏡子呢？」那個醜陋的男人回答我：「先生，根據一七八九年那些不朽的宣言[36]，人人權力平等；所以，我也有權照鏡子。**至於是愉快還是不愉快，那是我自己的事。**」

從理智上來說，我也許是對的；但若是從法律的觀點來看，他也沒有錯。

36 此指一七八九年八月二十六日法國制憲會議上通過的《人權宣言》。

## 41 海港

對於一個倦於人生鬥爭的靈魂來說，海港是一個相當迷人的逗留之地。天的廣闊、雲的飄遊、海的變幻、燈塔的閃耀，都是非常賞心悅目的稜鏡，使人久看不厭。船舶修長的外形，加上複雜的帆纜索具，**海浪使它們和諧地擺動，足以使人們在心中保持對節奏和美的喜愛。**特別是既無好奇心又無野心的人，當他躺在平臺上或倚在防波堤上，凝視著來來往往的出發者、歸航者以及仍胸懷大志、渴望出去航海或發財的人們的一切活動，他會感到一種神祕而高尚的快樂。

# 42 情婦的畫像

在一間男賓專用的小客廳裡，也就是說，在漂亮的賭場隔壁的一個吸菸室裡，四個男人正在吸菸喝酒。準確地說，他們既不年輕，又不年老；既不漂亮，又不醜陋。可是，不論年老年輕，他們都帶有尋歡老手的那種不難辨別的特徵。那種無法形容的東西，那種憂傷冷漠而帶有嘲笑的意味，它分明在說：「我們曾盡興地生活過，現在來追尋值得喜愛和珍惜的東西。」

其中一位把話題引到了女性身上。如果不談這個問題，那反倒顯得明智得多，**偏偏有些聰明人，喝了酒之後就滿不在乎地說出庸俗的話來**。大家聽他說，就像在聽舞曲一樣。

他說：「每個人都有過小天使一般的年紀：那時，由於沒有森林女神，人們會摟抱橡樹的樹幹而不覺得厭惡，這是愛情的第一階段；

在第二階段，人們開始挑選，能慎重考慮，這已經是沒落。也就是在這個階段，人們開始明確地追尋美女。對我來說，先生們，我早已榮幸地達到第三階段這個關鍵時期。在這個階段，光是美已經不夠了，還要加上香水、首飾等東西。我甚至要承認，我有時憧憬應該屬於絕對平靜的第四階段，就像渴望一種未知的幸福。可是，**在我整個一生中，除了在天使的年紀，我對女人惱人的愚蠢和令人發怒的平庸比任何人都要敏感。**在動物身上，我最愛的是牠們的單純。請想想，我的最後一位情婦給了我多大的痛苦啊！

「她是一位國王的私生女。當然啦，長得很漂亮，否則我幹嘛還要她？可是，她不合宜的變態的野心，把這個最大的優點給糟蹋了。她是個總要裝出男子氣概的女人。『你不是個男人！啊！我要是個男子那該多好！我們兩人中，我才是男人！』我本來只希望從她嘴裡聽見歌聲，但她說出的卻是令人難以忍受的陳詞濫調。當我忍不住讚揚一本書、一首詩、一部歌劇時，她立即就說：『你也許以為這很了不起吧？但你真的懂得什麼叫了不起嗎？』於是她就大發議論。

「有一天，她開始學起化學來；從此，**我覺得在我和她的嘴之間有了一層玻璃罩隔著**。於是，她變成了一本正經的女人。如果我有時做出熱情得有點過分的動作，碰了她一下，她馬上就像受到侵犯的含羞草一樣痙攣起來……。」

另外三個人當中有一位問道：「結果怎麼樣呢？我還不知道你竟然這麼有耐心。」

他回答道：「**還是上帝能對症下藥**。有一天，我發現這位渴望理想之力的蜜涅瓦[37]在和我的男僕竊竊私語，眼見如此，我只好悄悄地退到一邊，以免害他們臉紅。當晚，我就付清了拖欠他們的工錢，把他們都辭掉了。」

剛才打斷他話頭的那一位說：「至於我，**我只有埋怨自己**。**幸福曾降臨到我身上**，**而我卻沒有意識到**。最近一段時間，命運送來一個女人讓我享受，可以說，她是最溫柔、最聽話、最忠實的一個造物，隨時準備聽從我的召喚，而不主動表示熱情！『既然你喜歡這樣，我也樂意。』她總是這樣回答。你用棍棒敲擊牆壁和沙發，它們都會發

---

37 Minerva，希臘神話中的智慧女神，常被人們視為與希臘女神雅典娜為一體。在西方，蜜涅瓦是勇氣和謀略的雙重象徵，同時也代表著絕對的自由。

出哀嘆，而我的那位情婦，她的心中永遠不會產生強烈的愛的衝動。我們共同生活了一年以後，她對我承認，她從未感到過快樂。**我不喜歡這種不對等的決鬥**，於是那位無與倫比的女孩也就嫁給了別人。後來，我心血來潮地去看她，她指著六個可愛的孩子對我說：『你瞧，親愛的朋友，**做了妻子的我和以前做你的情婦時一樣貞潔。**』她身上沒有任何變化。失去了她我有點惋惜，我本來應該娶她的。」

其他人都大笑起來，輪到第三個人說話了：「先生們，我嘗到過也許你們都不屑的快樂，我敢打賭那是愛情中的滑稽劇，但這種滑稽並非沒有可取之處。我很讚賞我的前一個情婦，我想我對她的愛或恨要比你們的更深，誰都會像我一樣欣賞她。**當我們走進一家飯店，幾分鐘之後，所有的人都會看著她而忘了進餐**，甚至侍者和老闆娘也受到影響，忘了自己的工作。總之。我和一個活怪物親密地生活了一段時間。她吃東西嚼東西咬東西或吞東西時，無不表現出世界上最輕鬆、最無憂無慮的神情。有好長一段時間，她把我弄得神魂顛倒。當她說『我餓了』時，那英國式的口氣別提多溫柔、多奇幻、多浪漫了。她日日夜夜重複著這句話，露出世界上最美的牙齒，包你聽了心軟又高興——**要是把她帶到市集上當作貪吃的怪物展覽，我肯定會大發一筆**。我把她養得好好的，她卻拋棄了我……大概是和一個管伙食的私奔了吧？反正是這類人，是後勤部門的一個職員，他用只有他自己明白的非法手段，把許多士兵的口糧都送給了這個可憐的女孩。至少我是這樣猜想的。」

第四個人說話了：「人們往往指責女人自私，我卻不這麼看，為此我感到了難以忍受的痛苦。你們這些過於幸福的人啊，我覺得你們這樣抱怨情婦的缺點是不合適的！」

這番話是以極其嚴肅的口氣說的，說話者是一位看來溫和而莊重的人，長得頗像傳教士，可惜他閃動著淺灰色的眼睛，那眼神似乎在說：「我也想這樣！」或是「我也應該這樣！」又像是在說：「我絕不原諒！」

「G先生，我知道你好動肝火，或者你們二位，K兄和J兄，你們既懦弱又輕浮，如果你們碰上一個像我認識的那種女人，你們不是逃走就是送命。而我，你們看，卻活了下來。請想像一下，一個在感情和算計方面不會犯錯的女人；一種文靜得讓人受不了的性格；一種沒有虛情假意和誇張色彩的忠貞；一種並不軟弱的溫柔；一種並不粗暴的生命力。我的浪漫史就好像在純淨而光滑的鏡子上做一次無窮無盡的旅行，單調得令人眩暈。這面鏡子映出了我的一切感情和行為，與我心裡想的一模一樣，**這使我不能有任何不理智的感情和行動，否則馬上就會受到那位與我形影不離的幽靈無言的責備。愛情在我的眼裡就像是監督。**我的多少蠢事都被她制止了啊！我真後悔沒有幹出來。我違心地還掉了多少債務啊！她剝奪了我從自己愚蠢的舉動中本來可以得到的一切好處。她用冷酷而不可違反的規則制止了我的任性。更可怕的是，危險過後，她還不要求感謝。有多少次我忍不住撲過去摟住她的脖子，向她叫道：『可憐的人，別這麼十全十美好不好！讓我也能愛你，而不是感到不安和惱怒！』一連好幾年，**我敬佩她，心裡卻充滿了怨恨**。最後，因此而送命的卻不是我！」

其他人都驚叫起來：「啊！這麼說她死了？」

「是啊！我不能再這樣繼續下去了。**愛情對我來說已成為一個難以忍受的惡夢。正如政治上所說的非勝即死一樣**，這就是命運強迫我做出的抉擇！一天晚上，在某座森林中……在一個池塘邊……在一次憂鬱的散步過後，她的眼睛裡映著柔和的天光，我的心卻像地獄一樣抽緊……。」

「什麼！」

「怎麼樣？」

「你說什麼？」

「這是不可避免的。我的平等觀念太強了，不可能去毆打、侮辱或辭退一個無可指責的僕人！但是，**必須協調這種感情與這個女人使我產生的恐懼；擺脫她而又不失去對她的尊敬**。你們要我怎樣對待她，既然她是那麼完美？」

另外三個夥伴用茫然而又略顯呆滯的目光看著他，好像裝作聽不懂的樣子，又好像在默默地承認：他們覺得自己不可能做出如此嚴厲的行為，儘管這種行為已得到了充分的解釋。

隨後，他們又要了幾瓶酒，以消磨生活得如此艱難的時間；加快結束如此緩慢的人生。

# 43 多情的射手

當馬車穿過樹林時，他讓車子停在一個靶場附近，說他很想打幾槍以槍斃時間。**槍斃時間這頭怪物，不是每個人最平常、最合理的事務嗎？**——於是他彬彬有禮地把手伸向他親愛的、討人喜愛而又惹人厭煩的妻子。多虧了這位神祕的女人，他才有這麼多的快樂和痛苦，也許他的一大部分才華也有賴於她。

好幾發子彈都偏離了目標，有一發甚至打到天花板上去了；當那位迷人的女性笑著嘲諷丈夫的笨拙時，他突然轉過身對她說：「你看看那個布娃娃，那邊，右邊，翹著鼻子、滿臉傲氣的布娃娃。是的，可愛的天使，我把它想像成你。」說完，他閉上眼睛，扣動扳機，布娃娃的腦袋一下子就被打飛了。

這時，他對他親愛的、討人喜愛而又惹人厭煩的妻子，他甩不掉而又冷酷無情的繆思彎腰施禮，並恭恭敬敬地吻著她的手，說：

「啊！我親愛的天使，我是多麼感謝你賦予我這熟練的技巧！」

# 44 湯和雲

我親愛的瘋狂小戀人請我吃晚飯。

透過餐廳敞開的窗子，我凝視著上帝用蒸汽建造的活動房屋，那些觸摸不到的神奇建築。我一邊看，一邊自言自語地說：「這些幻景幾乎和我漂亮的情人，那位綠眼睛的可怕小瘋丫頭的眼睛一樣美。」

突然，我背上挨了狠狠一拳。接著，我聽到一個沙啞而迷人的聲音，歇斯底里、像是被燒酒灌啞的聲音，那是我可愛可親的小戀人。她對我說：「你想馬上就喝湯嗎？s……b……[38]的雲彩販子？」

38 s和b為法文sot和bête的縮寫，意指傻瓜。

## 45 靶場和墓園

觀墓小酒館——「這真是個奇怪的招牌。」這位散步者自言自語地說：「但還真教人想進去喝一杯！這家小酒館的老闆肯定懂得欣賞賀拉斯[39]和伊比鳩魯[40]派的詩歌。也許他還知道古代埃及人高深的雅趣，對那些人來說，**沒有一場盛大的宴會不擺出骷髏或是任何一件象徵人生短暫的標記。**」

於是他走了進去，面對墳墓喝了一杯啤酒，接著又慢悠悠地抽著雪茄。然後，他受幻想驅使，走進了墓地。那兒的野草長得又高又討人喜歡，強烈的陽光普照大地。

確實，**這裡陽光強烈、炎熱炙人，彷彿醉醺醺的太陽整個躺在被腐朽物養肥的美麗花壇上面。**空氣中充滿了喧鬧的生命聲響——極其微小的生物的生命。這些聲音每隔一定的時間，就被附近靶場的槍聲

---

39 賀拉斯（Horace, 65 B.C.~8 B.C.），古羅馬詩人。他歌頌生命中的樂趣，主張在欲望中保持節度。

40 伊比鳩魯（Epicurus, 341 B.C.~270 B.C.），古希臘哲學家，主張透過禁欲來尋求幸福。

給打斷，彷彿配上弱音器的交響樂正在演奏時，突然聽到拔開香檳酒瓶塞的爆響。

在晒得他頭皮發燙的陽光下，在充滿死神強烈芳香的空氣中，他聽到他坐的墳墓下方傳來了悄悄的說話聲。那聲音說：「你們的靶子和卡賓槍真可惡，吵吵嚷嚷的活人啊，你們太不在乎死者和他們神聖的安息！你們的野心真可惡、你們的算計真可惡。活得不耐煩的生者啊，**你們竟跑到死神的聖地旁邊，來練習殺人的本領！**如果你們知道獎品是多麼容易得到、目標是多麼容易打中，除了死以外，一切又是多麼烏有，勤勞的活人，你們就不會這樣自尋勞累了，你們就不會如此頻繁地打擾這些死者的睡眠。**他們早就抵達了目標，討厭的人生中唯一真正的目標！**」

# 46 光環的失落

「啊！親愛的，你怎麼會在這裡？你是專喝精華的酒鬼，你是專吃美味佳餚的食客，竟然來到這個低級場所，這真讓我感到驚訝。」

「親愛的，你知道我多害怕馬和馬車。剛才，我縱身跳過泥濘，穿過死神從四面八方撲來時造成的大混亂，匆匆地穿過馬路。就在這激烈的動作中，我的光環從頭上滑了下來，落到了碎石路面上的爛泥裡。**我沒有勇氣把它撿起來，我覺得，寧願丟掉自己的標誌也不要摔斷骨頭**。而且，我心中暗暗地想，有些壞事會變成好事。我現在可以隱姓埋名地到處走，幹些下流的勾當，像普通人那樣放蕩一番。你看，我現在和你完全一樣了！」

「你至少應該找人為這個光環貼個尋物啟事，或者讓警署幫你把它找回來呀！」

「說真的，沒有必要！我覺得在這裡很好，只有你一個人認出了我。而且，**尊嚴使我厭煩**。再說，想到有個拙劣的詩人把它撿起來，厚顏無恥地戴在自己頭上，我感到很高興。**能讓一個人幸福，這是莫大的快樂**！尤其是一個讓我忍不住要發笑的幸福之人！請想想X先生或Z先生！喔！這真是太滑稽了！」

# 47 畢絲杜麗小姐

我在煤氣燈的照耀下，走到市郊的盡頭時，忽然覺得有一隻胳膊輕輕地挽住了我，同時聽到有個聲音在我耳邊說：「請問您是醫生嗎？先生？」

我定睛一看，原來是一位高大而結實的女人，雙目圓睜，略施粉黛，頭髮和帽帶一起隨風飄舞。

「不，我不是醫生。放開我。」

「喔！是的！您是醫生。我看得出來。到我家裡去吧。您會對我很滿意的，走吧！」

「**我也許會去看你，不過不是現在，而是在醫生去過以後**。真是活見鬼！」

「啊！啊！」她說著，仍挽住我的胳膊，發出一陣大笑：「您真是一位愛開玩笑的醫生，像您這樣的人我認識多了。走吧！」

我熱衷於神祕之事，因為我總希望把它弄清楚。於是，我就讓這位女伴，或者不如說讓這個意想不到的謎團給拖走了。

那間又髒又亂的小屋我就不去描述了；大家可以從許多法國古代名詩人的作品中讀到。只是，有個細節是列尼哀[41]沒有注意到的，那就是牆上掛著兩三位名醫的肖像。

我受到了多麼殷勤的接待啊！熊熊的爐火、溫熱的酒、雪茄；她把這些好東西送來給我，自己也點燃了一支雪茄。這位滑稽可笑的女人對我說：「我的朋友，就像在你自己家裡一樣，隨便些，這樣會使你想起醫院和青年時代的好時光的……哎呀！你什麼時候長白頭髮了？你在L醫師的住院部當實習醫生時可不是這樣的，時間並不太長嘛！我記得，他做大手術時你還當過他的助手。那可是一位喜歡開刀、切割、摘除的人！當時就是你替他遞器械、縫線和紗布之類的東西。而當手術一做完，他就看看手錶，得意洋洋地說：『五分鐘，先生們！』——啊！我哪兒都去，我和那些先生們很熟。」

41 馬杜林．列尼哀（Mathurin Régnier, 1573~1613），法國詩人，以諷刺詩聞名。

才沒過多久，她就改用「你」來稱呼我了，重複著那套老話，對我說：「你是醫生，是嗎？親愛的？」

這種難以理解的反覆提問氣得我跳了起來。「我不是！」我憤怒地大喊。

「那麼，你是外科醫生？」

「不是！不是！除非是為了把你的腦袋割下來！這簡直是……荒唐極了！」

「等等，你來看一件東西。」她又說。

說著，她從壁櫥裡取出一疊紙，那都是當時一些名醫的肖像畫，是摩翰[42]用石板印刷的，這麼多年來都可以在伏爾泰沿河的馬路攤檔裡看到。

「嘿，你可認識這一位？」

「認識，這是X，而且底下有名字。不過，我認識他本人。」

「我知道！……瞧，這是Z，他在課堂上談到X時，總是說：『這個魔鬼，臉上露出靈魂的汙點！』這都是因為X在同一個問題

---

42 摩翰（Nicolas-Eustache Maurin, 1799~1850），法國石板畫家，作品反映法國社會風俗。

上和他看法不一致的緣故！當時，大家在學校裡笑壞了！你還記得嗎？……瞧！這是K，就是他向政府告發在他醫院裡治療的那位起義者的。那是個動亂的年代。這樣一個漂亮的男子怎麼會如此沒心沒肺呢？……瞧，這是W，一位著名的英國醫生，他來巴黎旅行時我見過他。他長得很像一位小姐，不是嗎？」

圓桌上還另外放著一個用繩子捆紮的紙包，當我用手去觸摸時，她說：「稍等一下，那一包是住院的實習醫生，這一包是不住院的實習醫生。」

她把一疊人像照片以扇形攤開，照片上的面孔年輕多了。

「我們下次再見面時，你也會把照片送給我，是嗎？親愛的？」

「可是，」我仍固執己見：「你為什麼認定我是醫生呢？」

「因為你對女人如此體貼、如此親切。」

「多麼奇怪的邏輯！」我自言自語地說。

「喔！我很少看錯人；我認識許多醫生。我好喜歡那些先生們，有時，我儘管不生病，也會去看醫生，純粹是為了去看看他們。其中有些醫生冷冰冰地對我說：『你根本就沒病！』另一些醫生理解我，因為我對他們擠眉弄眼。」

「如果他們不理解你呢？」

「怎麼會呢？由於平白無故地打擾了他們，所以我在壁爐上放上十個法郎——那些人非常善良，非常可親！我在慈善醫院裡看到一位小實習醫生，他像天使一樣漂亮，而且很有禮貌！他業餘還去打工呢，這可憐的小夥子！他的同事們告訴我，他一文不名，因為他的父母都很窮，不能接濟他。這使我有了信心。畢竟，我也算是個漂亮的女人，儘管不太年輕。我對他說：『來看我吧，常來看我。和我一起你不用拘束：我不需要錢。』你知道嗎？**我用了好多方式讓他明白我的意思，但沒有直截了當地對他說**，怕他不好意思，這可愛的孩子——好了，你相信嗎？我有個奇怪的願望不敢對他說——我希望他來看我時帶著他的手術箱、穿著白罩衫，上面甚至還有點血跡！」

她說這話時，露出極天真的樣子，就像一個容易動感情的男人對他喜愛的女演員說：「我想看你穿著你所扮演的著名角色的服裝。」

我仍執拗地問道：「你還記得你的這種如此特別的熱情，是在什麼時候、什麼情況下產生的嗎？」

我很難使她懂得我的意思；最後，她總算明白了，但神情極為悲傷，甚至，我似乎還記得，她轉過臉去回答：「我不知道……我真的記不起來了。」

**在一個大城市裡，如果你懂得怎樣閒逛和觀察，什麼怪事不會碰上呢？生活中充滿了無辜的怪物**——上帝啊，我的上帝！祢，造物主，祢，主宰者，祢創造了規則和自由；祢，至高無上的人，讓人行動自由；祢，是赦免人的判官；祢充滿了動機和原因，**祢也許在我的精神中注入了對恐怖的愛好，好讓我回心轉意，就像開刀之後能治好疾病一樣**。上帝啊，憐憫憐憫那些瘋狂的男女吧！造物主啊！只有祢才知道怪物為何存在、怎樣誕生、如何才不會被創造出來。在祢眼裡，還有什麼怪物可言嗎？

# 48 在這世界以外的任何地方[43]

**人生是一座醫院，每一個病人都想調換床位。這一位寧願面對火爐受苦，那一位覺得靠近窗口才能康復。**

我覺得換個地方總對我有好處，遷居是我經常和我的靈魂討論的問題。

「告訴我，靈魂，可憐的冷得發抖的靈魂，你想搬去里斯本居住嗎？那裡一定很暖和，你在那裡會像蜥蜴一樣恢復精神。那座城市就在海邊，據說是用大理石建造的；那裡的居民非常厭惡植物，竟然把所有的樹木都拔掉了；那裡有合你口味的景色，它由光和礦物以及映照著它的水組成。」

我的靈魂沒有回答。

「既然你如此喜歡寧靜，又喜歡運動的場面，你是否想到荷蘭那

43 原題為英文，英國詩人湯瑪斯・胡德（Thomas Hood, 1799~1845）《嘆息之橋》（*The Bridge of Sighs*）中的詩句，波特萊爾曾在比利時翻譯過這首詩。

塊福樂之地去居住？你常在博物館裡欣賞那個國家的風景畫，也許你去那裡會感到愉快；你喜歡林立的桅杆和停泊在屋前的船隻，那去鹿特丹怎麼樣？」

我的靈魂還是沒有答腔。

「也許巴達維亞[44]更合你的心意？我們在那裡會看到與熱帶之美結緣的歐羅巴精神。」

還是一言不發——**我的靈魂是不是死了？**

「難道你已麻木到如此地步，只有在痛苦中才能感到快樂嗎？如果是這樣，那就讓我們逃往類似死亡的地方吧！——可憐的靈魂，旅行的事由我來辦！我們將整理行裝，去多爾紐[45]。還可以走得更遠，去波羅的海盡頭；如果可能，甚至可以到離開塵世更遠的地方；我們去北極定居吧！那裡的陽光只斜斜地掠過地面，晝與夜的緩慢交替消除了所有的變化，增加了單調，這已經是虛無的一半。**在那裡，我們可以長時間地沐浴在黑暗之中，而北極光為了給我們解悶，會不時給我們送來玫瑰色的花束，就像是地獄中煙火的反光！**」

44 今日印尼首都雅加達的古稱。

45 芬蘭城市名，位於北極圈內。

終於，我的靈魂開口了，它乖乖地對我喊道：**「哪兒都行！哪兒都行！只要在這個世界以外！」**

# 49 把窮人們打倒吧！

這半個月以來，我把自己關在房間裡，周圍滿是當時（大約十六、十七年前）流行的書籍；我指的是那些勵志書，寫的是如何讓人一天之間就變得幸福、聰明和富裕。我消化了——我是說生吞活剝了——所有那些為公眾謀福利的事業家們的嘔心瀝血之作。**那些人勸所有的窮人都去當奴隸，並讓他們相信，他們全都是被廢黜的國王**——我陷入了一種近乎暈眩或半癡呆狀態，這並不奇怪。

只是，我好像覺得，在我的理解力深處，漸漸萌發出一種模糊的思想，**它比我最近在辭典中流覽的所有關於賢妻良母的說法都顯得高明**。但這不過是一種思想中的思想，某種極模糊的東西。

我走了出去，感到很渴。因為，這樣熱衷於埋頭讀書，也會使人相應產生對新鮮空氣和清涼飲料的需求。

我正要走進一家小酒館，一個乞丐向我伸過帽子，並看了我一眼，那目光令人難忘。如果精神真的能推動物質、如果應用動物磁氣療法[46]的醫生的目光能使葡萄成熟，那麼這個乞丐的目光也能推翻帝王的寶座。

與此同時，我聽到有個聲音在我耳邊低語，這聲音我非常熟悉；那是到處陪伴著我的一位善良的天使或是一位善良的精靈的聲音。既然蘇格拉底有他善良的精靈，我為什麼不能有我善良的天使呢？我為什麼不能像蘇格拉底一樣，榮獲由洞察入微的萊柳和深思熟慮的巴亞爾瑞[47]簽發的狂病證書呢？

蘇格拉底的精靈和我的精靈之間有一個區別：他的精靈只有在禁止他、警告他、阻撓他的時候才出現，而我的精靈卻願意給我以忠告、暗示和勸說。這個可憐的蘇格拉底只有一個禁止的精靈，而我的精靈卻是個偉大的斷言者，是個行動的或是鬥爭的精靈。

現在，它輕輕地這樣對我說：**「只有能證明自己與別人平等的人才能與別人平等；只有能獲得自由的人才配得上享受自由。」**

46 由十八世紀德國醫生麥斯梅爾（Franz Anton Mesmer, 1734~1815）提出，類似催眠術的療法。

47 萊柳（Lelut）和巴亞爾瑞（Baillarge），同為法國十九世紀頗為著名的精神病醫生。

我馬上撲向乞丐，一拳就把他的一隻眼睛打得睜不開，那隻眼睛立即就像皮球一樣腫了起來。我接著又打掉他兩顆牙齒，但我自己的指甲也弄斷了。我生來文弱，又很少練拳擊，要一下子就擊倒這個老頭，我感到有點力不從心。於是我一手抓住他的衣領，另一隻手揪住他的脖子，把他的頭往牆上猛撞。我得承認，我事先向四周掃了一眼，確信在這荒僻的郊區，短時間內不會有員警趕來。

接著，我又朝他背上踢了一腳，用力之猛，足以踢斷他的肩胛骨。把這六十來歲的羸弱老人踢倒在地後，我又抓起地上的一根粗大的樹枝，不停地狠狠打他，就像廚師要把牛排敲軟一樣。

突然——喔，奇蹟出現了！喔，開心得就像哲學家證明了自己傑出的理論——我看見這老骨頭翻過身，使勁地站起來。我怎麼也沒想到在這具像散了架的機器一樣的肌體裡，竟然還有這樣的力氣。他那充滿仇恨的目光在我看來是個好兆頭，這羸弱的歹徒向我撲來，打腫了我的雙眼、打掉了我的四顆牙齒，又用我剛才打他的那根樹枝痛打我——**我用行之有效的治療，恢復了他的自尊和活力。**

當時，我拚命地向他示意，想讓他明白，我覺得這場爭執已經結束。我懷著斯多葛詭辯家們才有的滿足，站起身來，對他說：**「先生，你我平等了！請賞臉與我一起平分我錢包裡的錢吧！**記住，如果你是個真正的慈善家，當你的夥伴要你施捨時，你應該在他們身上應用一下我忍痛在你背上所試驗過的理論。」

他向我發誓，說他已懂得我的理論，並將聽從我的建議。

# 50 善良的狗——致約瑟夫・史蒂文斯[48]

即使在當代青年作家們的面前，我也不曾因為敬佩布豐[49]而臉紅過；然而，今天，我要求助的並非這位描繪壯麗自然的作家的靈魂，並不是。

我更樂意請教斯特恩[50]，對他說：「從天上下來吧，或者從極樂淨土向我攀登而來。為了這些善良的狗、可憐的狗，給我靈感，讓我創作一首能配得上你的歌，多愁善感、舉世無雙的滑稽作家！騎著那頭著名的驢子回來吧，在後世讀者的記憶裡，牠將永遠伴隨著你。尤其別讓那頭驢子忘了牠那小心地叼在脣間的不朽的杏仁餅！[51]」

走開，學院派的繆思！我要你這種一本正經的老太婆有什麼用？我要的是家庭的、市民的、生動的繆思，讓她幫助我歌頌這些善良的狗、可憐的狗、渾身泥巴的狗，誰都要趕走牠們，把牠們當作是傳播

48 約瑟夫・史蒂文斯（Joseph Stevens, 1810~1892），比利時動物畫家。

49 布豐（Georges-Louis Leclerc Buffon, 1707~1788），法國著名博物學家和作家，著有《自然史》（*Histoire Naturelle*）。

50 勞倫斯・斯特恩（Laurence Sterne, 1713~1768），英國小說家。

51 出自斯特恩的著作《多情客遊記》（*A Sentimental Journey Through France and Italy*）。

瘟疫、生著蝨子的狗。只有窮人才是牠們的夥伴，只有詩人才用友好的目光看著牠們。

呸，自炫其美的狗，自命不凡的四足獸，丹麥狗、查理王長毛狗、哈巴狗或是長毛小獵狗，如此得意忘形，竟然鑽到客人的雙腿之間或跳到客人的膝蓋上，好像確信自己會討人喜歡，像孩子一樣調皮，像輕佻的女人一樣愚昧，有時像僕人一樣脾氣粗暴，傲慢無禮！呸，滾開吧，尤其是那些像四腳蛇一樣的狗，顫巍巍、懶洋洋，人們稱之為獵兔狗，牠們尖尖的鼻子甚至沒有足夠的嗅覺去跟蹤一個朋友，扁平的腦袋也沒有足夠的智力去玩多米諾骨牌！

所有這些令人討厭的寄生蟲，都滾到狗窩裡去吧！

讓牠們回到鋪著墊料、溫暖柔軟的狗窩裡去吧！**我要歌頌渾身泥巴的狗、可憐的狗、無家可歸的狗、流浪的狗、街頭賣藝的狗。**牠們像窮人、流浪漢和江湖藝人一樣，本能受到需求（這個如此善良的母親，這個智慧的真正主宰）美妙的刺激！

我要歌頌那些多災多難的狗，牠們或在大城市彎彎曲曲的陰溝裡孤獨地流浪，或眨著聰明的眼睛對被遺棄的人說：「**帶我一起走吧，我們倆的不幸也許能創造某種幸福！**」

「這些狗要去哪裡？」納斯托・羅克朗[52]曾在他不朽的專欄文章中這樣說，這話也許連他自己都忘了。只有我，也許還有聖・伯夫[53]至今還記得這句話。

這些狗要去哪兒呢？你們這些心不在焉的人問。牠們去幹牠們的事了。

有業務性的約會，有愛情的幽會。穿過迷霧、冰雪和泥濘，頂著灼人的酷熱，冒著傾盆大雨，牠們走去走來、奔跑跳躍，鑽到馬車下面，被跳蚤咬，受到情欲、需求和義務的驅使。**牠們像我們一樣，早早起身，尋找生計，或為追求快樂而奔跑。**

有些狗在郊區的廢墟裡過夜，每天都在固定的時間到王宮的廚房門口等待賞賜；還有些狗，成群結隊地從五里外趕來，分享某些六十來歲的老處女大發慈悲為牠們備好的食物。**這些老處女百無聊賴，便把心思放在動物身上，因為連愚蠢的男人也不再需要她們。**

---

52 納斯托・羅克朗（Nestor Roqueplan, 1805~1870），法國文藝批評家。

53 聖・伯夫（Charles Augustin Sainte-Beuve, 1804~1869），法國文藝批評家、小說家、詩人等。

還有一些狗，像流亡的黑人，因發情而迷狂，會在某些日子離開自己的所在地，來到城裡，在一頭不大注意打扮卻很傲氣、而且頗懂感激的漂亮母狗周圍蹦跳上一個小時。

**牠們身上沒有記事本、沒有小冊子，也沒有資料夾，但都來得非常準時。**

你可知道懶洋洋的比利時？你可曾像我一樣讚賞過那些健壯的狗？牠們被套在肉販子、賣牛奶的女人或麵包商的送貨車上，揚揚得意地叫著，好像由於能和馬匹競爭而感到驕傲和快樂。

這裡還有兩隻屬於更文明的等級的狗！請允許我把你帶到一位街頭藝人的房間裡去看看，剛好他不在家。一張漆過的木床，沒有床幃，拖到地上的被子布滿臭蟲的髒斑。兩張籐椅、一個鑄鐵爐、一兩把破舊的樂器。啊！多寒酸的家具！可是，請看這兩個聰明的演員，牠們穿著破舊而豪華的衣服，戴著像行吟詩人或軍人那樣的帽子，像巫師一樣精心照看著煨在火爐上的無名作品，中間插著一把長長的湯匙，就像表示建築已竣工而豎在空中的一根長杆。

這些熱心的演員，要叫牠們上路，得讓牠們好好地飽吃一頓，這難道不合理嗎？這兩個可憐蟲，整天要忍受觀眾的冷漠和主人的不公正，主人把大部分的食品占為己有，一個人吃得比四個演員還多。現在，讓牠們放開肚子吃一頓，你難道不能原諒嗎？

多少次，我懷著憐憫之心，微笑地看著這些四條腿的哲學家，溫順、忠誠、討人喜歡的奴隸。**如果對人的幸福過於關心的共和國有時間過問狗的榮譽，那麼，共和國的辭典裡也應該稱牠們為勤務員。**

多少次，我想也許在某個地方（到底有誰知道呢？）有個專門的天堂，為這些善良的狗、可憐的狗、渾身泥巴和愁眉苦臉的狗而設的天堂，以獎賞牠們如此的勇氣、耐心和辛勞。史威登堡[54]曾明確斷言，土耳其人有自己的天堂，荷蘭人也有自己的天堂。

維吉爾[55]和忒奧克里托斯[56]詩中的牧羊人，盼望得到一塊美味的乳酪、一支巧手製作的笛子，或一隻乳房鼓鼓的母山羊，作為對他們互相對唱的獎賞。詩人歌頌可憐的狗，他所得到的酬勞是一件漂亮的背心，顏色富麗，但已褪色，令人想起秋日的太陽、成熟的女性之美

---

54 伊曼紐·史威登堡（Emanuel Swedenborg, 1688~1772），瑞典神祕主義哲學家。

55 維吉爾（Vigil, 70 B.C.~19 B.C.）古羅馬詩人。

56 忒奧克里托斯（Theocritus, 310 B.C.~250 B.C.），古希臘詩人。

和聖·馬丁節的小陽春[57]。

凡是到過維拉·埃爾莫薩街小酒館的人，誰都不會忘記畫家是怎樣急切地脫下自己的背心送給詩人，他心裡非常明白：**歌頌可憐的狗是應該的、正當的。**

同樣，有位了不起的義大利暴君，為了換取一首寶貴的十四行詩或一首新奇的諷刺詩，曾賜給非凡的阿雷蒂諾[58]一柄鑲著寶石的短劍，或是一件宮廷服裝。

而每當詩人穿上畫家的這件背心時，他總是情不自禁地想起那些善良的狗、明智的狗、聖·馬丁節的小陽春和成熟的女性之美。

57 聖·馬丁節的小陽春指十一月十一日前後出現的晴朗天氣。

58 皮埃特羅·阿雷蒂諾（Pietro Aretino, 1492~1556），義大利諷刺詩人，當時歐洲不少君主都聘請他寫詩攻擊敵人。

# 跋

我滿心歡喜，登上了山巔，
整個城市在那兒盡收眼底，
醫院、妓院、煉獄、地獄、牢監。

**所有的惡都盛開如花，**
撒旦啊，我哀傷的主宰，
你知道我不會去徒勞淚灑。

我像個老色鬼，放蕩了一輩子，
**我想陶醉於老情婦的懷中，**
**這娼婦邪惡的魅力使我返老還童。**

不論你是否還在熟睡，昏暗、沉重、傷風感冒，裹著早晨的床單，也不論你是否披著鑲著金絲的夜幕，神氣威風。

**我愛你，汙穢的城市！娼妓，**強盜，你們如此經常地帶來世俗的民眾所不懂的歡喜。

# 波特萊爾生平與著作年表

一八二一年　夏爾．皮耶．波特萊爾生於巴黎高葉街十三號。

一八二七年　波特萊爾的父親讓．弗朗索瓦．波特萊爾去世。

一八二八年　母親再婚，改嫁歐比克上校。

一八三一年　歐比克調至里昂駐防，全家隨同前往。波特萊爾入德洛姆寄宿學校。

一八三二年　波特萊爾進里昂皇家中學。

一八三六年　歐比克調回巴黎，波特萊爾進路易大帝中學就讀。開始閱讀夏多布里昂和聖．伯夫的著作。

一八三七年　波特萊爾在中學優等生會考中獲拉丁詩二等獎。

一八三八年　波特萊爾到庇里牛斯山旅行，初寫田園詩。

一八三九年　波特萊爾被路易大帝中學開除。通過中學畢業會考。

一八四〇年　波特萊爾入勒韋克·巴伊寄宿學校。開始遊手好閒，與繼父鬧翻。

一八四一年　波特萊爾被迫遠遊，從波爾多出發，前往加爾各答。

一八四二年　波特萊爾返回巴黎，繼承先父遺產。遷居聖路易島，開始與聖·伯夫、戈蒂耶、雨果及女演員喬娜·杜瓦爾交往。寫出《惡之華》中的二十多首詩。

一八四三年　經濟拮据。吸食大麻。《惡之華》許多詩寫於此時。

一八四四年　波特萊爾被指定監護人管理其財產，揮霍無度。

一八四五年　波特萊爾二度企圖自殺。出版《一八四五年的沙龍》。開始翻譯愛倫·坡的作品。

一八四六年　出版《一八四六年的沙龍》。

一八四七年　結識瑪麗·杜布倫。發表小說《拉·芳法羅》。

一八四八年　參加革命團體。翻譯愛倫·坡的《催眠啟示錄》。

一八四九年　對革命感到失望，躲到第戎數月。

一八五一年　發表《酒與印度大麻》，以《冥府》為總題發表十一首詩，後收入《惡之華》。寫《火箭》和《私密日記》。
控訴霧月政變，放棄所有政治活動。

**一八五二年** 發表《愛倫‧坡的生平與著作》。首次寄詩給薩巴蒂埃夫人，她曾給波特萊爾許多寫詩的靈感。

**一八五五年** 在《兩世界評論》雜誌以《惡之華》為題發表十八首詩。

**一八五七年** 《惡之華》初版，惹官司。與薩巴蒂埃斷交。

**一八五八年** 波特萊爾返回母親身邊居住，經濟困難。

**一八五九年** 出版《一八五九年的沙龍》，精神日益不安。

**一八六〇年** 出版《人造天堂》。

**一八六一年** 再次企圖自殺。《惡之華》再版。波特萊爾受提名為法蘭西學士院院士候選人。撰寫《赤裸的心》。

**一八六二年** 退出候選，健康不佳。

**一八六三年** 《小散文詩》在報刊上發表（後收入《巴黎的憂鬱》）。

**一八六四年** 以《巴黎的憂鬱》為題發表五首新寫的散文詩。前往比利時。出版和賺錢計畫落空。撰寫《比利時諷刺集》。

**一八六五年** 撰寫《赤裸的心》，後撰寫《可憐的比利時》。因病情惡化返回巴黎。

**一八六六年** 出版散文詩集《漂流物》（後收入《雜詩集》）。參觀比利時聖盧教堂時突然跌倒。失語、半身不遂，送入療養院。

**一八六七年** 波特萊爾去世。《惡之華》三版。

**一八六七年** 《波特萊爾全集》（共五卷）出版，其中收錄了《巴黎的憂鬱》。

## 譯後記

# 他是詩人之王，一個真正的上帝

法國文化部文藝騎士、本書譯者／胡小躍

在歐美各國，波特萊爾被普遍認為是法國文學史最重要的詩人，尤其自二十世紀以來，波特萊爾受到了世界文學界和學術界越來越廣泛的重視，**幾乎成了「現代所有國家中詩人的楷模」**（T.S. 艾略特語）。他在法國詩壇上的地位和影響，已幾乎超越了詩人雨果。

夏爾．皮耶．波特萊爾生於巴黎，六歲喪父，母親不久改嫁，使波特萊爾陷入了孤獨和絕望之中，成了一名憂鬱的哈姆雷特。繼父是一個嚴肅而正統的軍人，想按自己的意圖把波特萊爾培養成循規蹈矩的官場中人。波特萊爾無法忍受這種束縛，常常與之發生衝突。

一八三六年，他進入了著名的路易大帝中學，成績不錯，但不守教規，結果被校方開除。同年轉學進入另一所學校，並通過了中學畢業會考，但沒有繼續升學，而是進了社會，過他所嚮往的無拘無束的生活。波特萊爾一方面大量閱讀文學作品，另一方面廣交文朋詩友，出入藝術沙龍，混跡在一群放蕩不羈的文學青年當中。這引起了父母的極大不安，他們逼波特萊爾離開巴黎，出國長途旅行。這趟長達幾個月的旅行雖然路途煩悶，但開闊了波特萊爾的眼界、豐富了他的想像力。回到巴黎後，波特萊爾與繼父的關係再度惡化，不久，他便帶著生父留下的遺產離家出走，浪跡天涯，並在流浪中開始了文學創作。

波特萊爾首先表現出對藝術，尤其是繪畫的濃厚興趣和敏銳感悟，發表了美術評論集《一八四五年的沙龍》，以其新穎的觀點和精闢的分析震動了評論界；次年他又發表了《一八四六年的沙龍》，提出了許多重大的美學命題。一八四八年，他參加了法國二月革命，但革命失敗後他陷入悲觀，發誓不再介入政治。一八五一年，他以《冥府》為題發表了十一首詩；四年後又以《惡之華》為總題發表了十八首詩。一八五七年，他把《冥府》和《惡之華》合在一起，另加了數十首詩出書，書名就叫作《惡之華》。

**《惡之華》以其大膽直率得罪了當局，其超前意識和現代觀念更觸犯和激怒了保守勢力**，結果招致一場殘酷而不公正的圍攻。**波特萊爾被指控為傷風敗俗、褻瀆宗教**，上了法庭，最後被迫刪去六首所謂的「淫詩」。四年後，《惡之華》新增了三十五首詩再版，獲得了空前的成功。在這期間，波特萊爾又陸續發表了《一八五九年的沙龍》、《浪漫派的藝術》、《美學探索》、《人造天堂》等作品，並寫了不少散文詩，還翻譯了愛倫・坡的五卷作品。愛倫・坡是波特萊爾最喜愛的作家之一，對他的影響極大，他曾模仿愛倫・坡《旁注》（*Marginalia*）的形式和主題，以《火箭》、《衛生》、《火箭・暗示》為標題，寫了許多隨想式的文字。

波特萊爾晚年在文壇上功成名就，但這並沒有給他帶來物質上的富裕和精神上的安寧。日益腐敗的社會風氣和接連不斷的催債帳單使他想逃離法國。一八六二年底，剛買斷他版權的出版商馬拉西斯破產，更使他陷於困境。他打算去比利時考察藝術畫廊，然後寫一本關於藝術的書，但一直拖到一八六四年四月才動身。到比利時不久，他就寫信給《費加羅報》（*Le Figaro*），說要替他們寫稿，可後來並沒有寫，因為**他發現比利時比法國更令人難以忍受。他對比利時的蔑視和仇恨幾乎到了無以復加的地步**。他極其尖刻地嘲笑和抨擊比利時的各個方面，偏激得有點過分。專家們分析，這與波特萊爾當時的處境、心情和身體狀況有關。更糟的是他這時的健康每下愈況，病情越來越重，後來只好回國。一八六六年，他病情惡化，之後癱瘓，次年便死在醫院裡。

《惡之華》是波特萊爾最重要的作品，奠定了他在法國乃至世界詩歌史上的地位。全書分六部分，其中〈憂鬱與理想〉分量最重，占全書的三分之二。**詩人耐心而無情地描寫和剖析自己的雙重靈魂，表現出自己為擺脫精神與肉體的雙重痛苦所做的努力。這部詩集的主題是惡及圍繞著惡所展開的善惡關係。在波特萊爾的筆下，惡指的不僅是邪惡，而且還含有憂鬱、痛苦和病態之意；花則可以理解成善與**

**美**。波特萊爾破除了千百年來的善惡觀，以辯證的觀點來看待惡，認為惡具有雙重性，它既有邪惡的一面，又散發著一種特殊的美。它一方面腐蝕和侵害人類，另一方面又充滿了挑戰和反抗精神，激勵人們與自身的懶惰和社會的不公正鬥爭，所以**波特萊爾對惡既痛恨又讚美，既恐懼又嚮往**。他生活在惡中，又力圖不讓惡所吞噬，而是用批判的眼光**正視惡**、**解剖惡**，**提煉惡中之花**。所以，惡之華可以說是一種出汙泥而不染的荷花，它本身是美的，令人賞心悅目的，如果說它是病態之花、邪惡之華，那是說它所生長的環境是病態的、邪惡的。波特萊爾從基督教的「原罪」說出發，認為「一切美的、高貴的東西都是人謀的結果」，「善始終是人為的產物」，所以要得到真正的善，只能透過自身的努力從惡中去挖掘。**採擷惡之華就是在惡中挖掘希望，從惡中引出道德的教訓來**。

波特萊爾在詩中引入了「通感」或「交感」等手法，貫通了視覺、聽覺、味覺之間的聯繫，並大量使用象徵和意象，給人耳目一新的感覺。他繼承、發展和深化了浪漫主義，為象徵主義開闢了道路，同時，他的詩中又閃爍著現實主義和古典主義的光彩。就格律的嚴謹和結構的明晰來說，他可以說是古典主義的追隨者；就題材的選擇和想像力的豐富來看，他是個浪漫主義的繼承者；就意境的創造和表現手法的綜合來看，他又是現代主義的開創者。**這種豐富性和複雜性使他的詩擁有各層次的讀者，並使他成為許多流派互相爭奪的一位精神領袖**，被冠以頹廢派、唯美派、古典派、高蹈派[58]、寫實派等許多帽子，象徵主義、超現實主義也都把他當作自己的先驅和鼻祖。

《巴黎的憂鬱》是一部散文詩，也可以說是一部散文形式的《惡之華》，它大大地重複了《惡之華》的主題和內容，正如詩人自己所說的那樣：「仍然是一部《惡之華》，但具有更多的自由、細節和譏諷。」由於**散文詩形式比詩歌靈活，比詩歌更能自如地反映社會的畸形和醜陋**，所以波特萊爾想嘗試這種當時還很新鮮的形式。早在出版《惡之華》之前，波特萊爾就已開始發表散文詩，但大部分散文詩是在一八五五年後的七～八年間寫成的，詩人死後才由友人結集出版。波特萊爾的散文詩最初以《夜之詩》為題在報紙上發表，後又改名為

58 Parnasse，十九世紀實證主義時代、介於浪漫主義和象徵主義之間的法國詩的文學樣式。

《小散文詩》、《散文詩》，詩也逐漸增加。波特萊爾原想寫一百多首散文詩，但由於有的詩遭到編者的反對，所以最後只寫了五十首，以《巴黎的憂鬱》為總題出版。波特萊爾在這些詩中傾注了許多心血，且十分挑剔：「啊，這本《憂鬱》，多麼可怕！我付出了多少艱辛啊！我對其中的某些部分仍不滿意。」

與結構嚴謹的《惡之華》相反，**《巴黎的憂鬱》似乎缺乏整體感，結構鬆散，無頭無尾**。其篇章的排列似乎是隨意性的，既不按事件順序，也不像《惡之華》那樣按內容歸類。但詩人卻在開篇中辯解說：「這本書，實在不能說它沒頭沒尾，這樣是不公道的，因為事情恰恰相反，全書文章互為首尾。」詩人在巴黎街頭漫步，記錄了自己的所見所聞所思以及幻想：他看見孤獨的老嫗想跟嬰兒親熱，卻嚇得嬰兒大哭大叫（〈老婦人的絕望〉）；戴孝的窮寡婦克勤克儉，拚命省錢（〈寡婦們〉）；可憐的藝人在街頭賣藝（〈賣藝的老人〉）；兩個窮孩子為一塊麵包而爭得你死我活（〈點心〉）；一個四十來歲的窮人拉著一個小男孩眼巴巴地望著咖啡館（〈窮人的眼睛〉）。

**詩人看到的是一個貧富懸殊、歡樂與痛苦對立的巴黎**，所以他猛烈地抨擊這個社會：藉驢子與人的故事，辛辣地諷刺那種奴顏婢膝的民族性（〈取悅於人者〉）；藉狗與香水瓶的故事，對資產者庸俗的口味表示了極大的鄙夷；藉假錢幣的故事嘲笑小市民的精明。**他痛恨這個社會，詛咒和諷刺這個充滿俗氣的社會**（〈仙女的禮物〉）；**他與這個城市格格不入，在這個城市中處處感到孤獨**，「我沒有父親，也沒有母親；沒有姊妹，也沒有兄弟」，也不知道自己的祖國位於何方（〈異鄉人〉）。他像公園中的一尊雕像，「沒有愛情，也沒有友誼」，孤獨而傷心。他想離開這個城市，到那個寧靜、夢幻般美麗的理想樂土上去（〈邀遊〉），到「充滿了哀傷的歌聲、擁擠著各民族的壯漢……停泊著許多船隻」的港口去（〈頭髮中的世界〉），到「一塊富饒、美麗、充滿希望的陸地」上去（〈已經到了〉），「哪兒都行！只要在這個世界以外！」（〈在這世界以外的任何地方〉）。

《巴黎的憂鬱》雖然用了較多的篇幅寫實，但也有不少篇章是用來玄思的，他習慣於黃昏時分沉思和想像（〈藝術家的祈禱文〉、

〈黃昏的微明〉），他描寫鴉片和雪茄給人帶來的幻覺（〈雙重的房間〉），他覺得**夢境中的樂趣是現實生活所無法給予他的；計畫本身就有足夠的樂趣，所以無需將它付諸實行**（〈計畫〉）。他渴望夢中得到過的愛情、財富和榮譽的誘惑（〈愛神、財神、榮譽〉）。詩中還出現了一些似真似幻離奇的情節和人物，如〈繩子〉中上吊而死的孩子的母親，〈畢絲杜麗小姐〉中的那個神祕的女人。我們注意到，《惡之華》中的女性形象也以其多變的面孔在詩中多次出現，美麗善良、皮膚黝黑的多羅泰，在空曠的大街上走著；一位蒙著一身黑、使人想在她的目光下慢慢死亡的美人；一位名叫貝內狄克妲的女孩，美得令人讚嘆，可惜紅顏薄命。在〈情婦的畫像〉中，波特萊爾更集中筆墨，**透過四個男人的嘴，描述了一些近乎完美的女性形象**。但這些美麗善良的女人不是早亡，就是遙不可及。所以**詩人不得不從醜陋的女人身上挖掘「惡之中美」**（〈純種馬〉）。那個螞蟻、蜘蛛和骷髏般可怕的「她」，「如此溫柔，如此熱情」，具有一種時間和愛情所無法摧毀的內在的魅力。**但波特萊爾的骨子裡又有一種對女人本能的**

**仇恨，因為他被女人傷透了心。**所以他有時對女人恨之入骨，恨不得開槍崩了她們（〈多情的射手〉）。

《巴黎的憂鬱》**的基調仍然是憂鬱，一種憤世嫉俗的悲觀主義情緒與厭世氛圍籠罩全書，但它並不純粹是《惡之華》的散文版，而是《惡之華》的補充，在意境、寓意和細節方面都有所發展和深化。**在寫作手法上，《巴黎的憂鬱》受到貝特朗的啟發，波特萊爾在卷首獻詞〈致阿色納．吳色葉〉中明確表示他對貝特朗的尊敬，以及貝特朗的散文詩《夜之加斯帕爾》對他的影響。《夜之加斯帕爾》是法國第一部散文詩（但當時還沒有「散文詩」這個名稱，後由波特萊爾首度採用，並將此體裁發揚光大），它突破了音韻的束縛，在形式和韻律上享有較大的自由，但這種自由是有限度的，甚至是十分謹慎的，雖然它不再分行，但每首詩的詩節大致相仿，詩句也還有內在的韻律，《巴黎的憂鬱》則在形式上放得更開，**它既無節律韻腳，也不均分詩節。**在內容上，貝特朗寫的是古代生活，波特萊爾寫的則是現代生活。在表現手法上，貝特朗偏重外在客觀的繪畫式的描寫，而波特萊爾則偏重音樂式的、主觀的和內心的挖掘。所以，《巴黎的憂鬱》絕不是對貝特朗的機械模仿，二者在主題、內容和風格上都有很大的差異。而且，**波特萊爾是法國第一個自覺地把散文詩當作一種形式來運用並使之完美的人。**繼波特萊爾以後，法國的許多詩人如蘭波、馬拉美、洛特雷亞蒙都寫過散文詩，使散文詩成為法國詩人所樂於採用的一種形式，並影響到國外，俄國作家屠格涅夫晚年所寫的《散文詩》就是在波特萊爾的影響下寫成的。可以說，**波特萊爾為法國的散文詩開闢了一條新路。**

作為一個詩人，波特萊爾真實地度過了他充滿矛盾和鬥爭的一生。**幸福與悲哀、成功與失敗、熱情與冷漠、強大與軟弱在他身上匯成了一部交響曲，使其遍嘗了人生的五味，感受到了生命的真諦。**他對家庭、對社會的仇恨；他在生活中的孤獨；他在情感上的不幸和肉體上的痛苦使他消沉和墮落。然而，波特萊爾具有非凡的意志和驚人的洞察力與判斷力，他集人類的智慧和超凡的靈光於一體，頑強而勇敢地面對命運的挑戰，並把內心這種善與惡、美與醜的搏鬥、較量，以完美的形式表達出來，開闢了一條屬於他自己的獨特道路，揭開了一個新的文學時代。**他既是古典主義的最後一位詩人，又是現代主義的第一位詩人。**正因為如此，法國著名詩人蘭波稱波特萊爾是「第一位慧眼者，是詩人之王，一個真正的上帝」。

國家圖書館出版品預行編目（CIP）資料

巴黎的憂鬱── 波特萊爾：孤獨的說明書，寂寞的指南針（全新譯本）／夏爾．皮耶．波特萊爾（Charles Pierre Baudelaire）著；胡小躍譯. -- 初版
--新北市：方舟文化出版：遠足文化發行，2019.10
192面；14.8×21公分. --（心靈方舟：0AHT0019）
譯自：Le Spleen De Paris
ISBN 978-986-97936-3-6
1.人文史地、2.當代思潮、3.法國哲學、4.散文

876.51　　108013485

心靈方舟 0019

# 巴黎的憂鬱——波特萊爾

孤獨的說明書，寂寞的指南針（全新譯本）

作　　者　夏爾·皮耶·波特萊爾（Charles Pierre Baudelaire）
譯　　者　胡小躍
封面設計　職日設計
內頁設計　江慧雯
行銷主任　汪家緯
總 編 輯　林淑雯

出 版 者　方舟文化／遠足文化事業股份有限公司
發　　行　遠足文化事業股份有限公司（讀書共和國出版集團）
　　　　　231 新北市新店區民權路108-2號9樓
　　　　　電話：（02）2218-1417
　　　　　傳真：（02）8667-1851
　　　　　劃撥帳號：19504465
　　　　　戶名：遠足文化事業股份有限公司
客服專線　0800-221-029
E-MAIL　service@bookrep.com.tw
網　　站　www.bookrep.com.tw
印　　製　通南彩印股份有限公司
電　　話　（02）2221-3532
法律顧問　華洋法律事務所 蘇文生律師
定　　價　350元
初版一刷　2019年10月　初版五刷　2024年9月